DAVID LOZANO

Der Minutendieb

DAVID LOZANO

Der Minutendieb

Übersetzung aus dem Spanischen
von Anja Rüdiger und Ben Thannisch

THIELE VERLAG

Für Marcos Trívez Utande,
meinen Patensohn,
mit dem Wunsch, dass er jedem Jahr,
das er älter wird,
mit einem Lächeln entgegensieht.

ALS ICH MEINEN GEBURTSTAG VERLOR

Letztes Jahr am 6. Oktober habe ich meinen zehnten Geburtstag gefeiert – zum letzten Mal.

Damit will ich nicht sagen, dass ich mehrmals zehn Jahre alt geworden bin, sondern, dass ich keinen Geburtstag mehr haben werde.

Niemals. Dies war mein letzter Geburtstag.

Und nein, das ist nicht, weil ich sterben werde. Es ist nur so, dass die Behörden beschlossen haben, einen Tag aus dem Kalender zu streichen, und dafür haben sie sich den 6. Oktober ausgesucht.

Meinen 6. Oktober.

Den Tag, an dem ich geboren wurde. Unter 365 Tagen, die alle gleich sind und 24 Stunden lang, haben sie sich *ausgerechnet* dieses Datum ausgewählt.

Es ist schon »offiziell«. Das bedeutet (ich liebe es, neue Wörter zu lernen), dass die Regierung es formell bestätigt hat.

Es ist eine Tatsache. Es gibt keinen Weg zurück, sosehr ich auch weine oder mich beklage.

So, wie es aussieht, werde ich für immer zehn Jahre alt bleiben.

Denn der 6. Oktober wurde aus dem Kalender entfernt.

»Ab dem nächsten Jahr folgt auf den 5. Oktober gleich der 7.«, hat unser Lehrer feierlich verkündet.

Daher weiß ich nun, wie man sich fühlt, wenn man plötzlich keinen Geburtstag mehr hat. Genauso wie ohne Pausenbrot in der Schule zu sein, nur dass es eine viel ernstere Sache ist. Und für immer.

Ich fühle mich ein wenig verwaist. »Du bist in der Zeit jetzt heimatlos«, hat mein Lehrer gesagt und auf mich gezeigt, als hätte ich mich von einem Tag auf den anderen in ein seltsames Wesen verwandelt.

Alle meine Klassenkameraden haben mich angestarrt.

Ich weiß noch immer nicht genau, was »heimatlos« bedeutet, aber bestimmt nichts Gutes.

Ich bin mir nicht einmal mehr sicher, ob ich noch immer zehn Jahre alt bin; denn der Tag, an dem ich geboren wurde, existiert nicht mehr, also kann ich auch nicht von diesem Datum an die Jahre zählen. Vielleicht bin ich jetzt alterslos.

Was für ein Ding: Da wacht man eines Tages auf, und es stellt sich heraus, dass man kein Alter mehr hat. Vielleicht bin ich jetzt null Jahre alt. Ob ich wieder zu einem Baby werde?

Ich hoffe, dass meine Familie nicht auf den Gedanken kommt, mir Windeln anzuziehen, wie bei Oma!

Meine Oma ist mindestens dreihundert Jahre alt. Sie geht am Stock, und manchmal fällt ihr beim Trinken das Gebiss ins Glas, und ich kann sie nicht mehr verstehen. Sie ist sehr besonders, meine Oma. Seit Kurzem hat sie auch noch einen grauen Star im Auge. Und ich hab echt keine Ahnung, wie der Vogel da reingekommen ist.

Vielleicht kann sie jetzt mit dem Auge zwitschern.

Meine Oma ist so alt, dass es, als sie ein Kind war, noch keine PlayStation gab. Papa sagt, sie ist so alt, dass ihre Erinnerungen schwarz-weiß sind. Ich finde Schwarz-Weiß-Fotos toll.

Wenn ich jetzt darüber nachdenke, fällt mir auf, dass es meiner Oma sicher nichts ausmachen würde, wenn man ihr den Geburtstag wegnähme. Sie hat wahrscheinlich längst genug davon, älter zu werden. Sie hat am 12. März Geburtstag. Also warum hat man nicht den 12. März aus dem Kalender gestrichen statt den 6. Oktober?

MEIN LEBEN IST EINE »TRAGÖDIE«

Tatsächlich. Den 6. Oktober gibt es nicht mehr.

Ich habe in der Schule davon erfahren, und später, zu Hause, haben Mama und Papa mich ins Wohnzimmer gerufen, um etwas Wichtiges mit mir zu besprechen. Dass es ein ernstes Gespräch werden würde, habe ich daran erkannt, dass Mama mich mit meinem vollen Namen gerufen hat: E-du-ar-do-Ma-rí-a.

Ich hasse meinen Namen.

Warum können sie mich nicht einfach nur Edu nennen?

Wenn man mir schon meinen Geburtstag weggenommen hat, hätten die auch gleich meinen zweiten Vornamen mit einkassieren können.

Aber nein – auch wenn ich nun keinen Geburtstag mehr habe, heiße ich immer noch

Eduardo María. Mein Leben ist furchtbar, wie meine ältere Schwester Nuria immer schreit, wenn ihr Freund nicht anruft oder wenn sie lernen muss.

Jedenfalls bin ich, als meine Mutter mich rief, aus meinem Zimmer gekommen und ins Wohnzimmer gegangen.

Als ich vor ihnen stand, hat Papa mit dem Ritual angefangen, das ich bei solchen Gelegenheiten schon kenne: Zuerst seufzt er und fährt sich durch die Haare, dann zuckt er mit den Schultern, und schließlich sieht er Mama an, in der Hoffnung, dass sie das Gespräch beginnt. Diesen Vorgang nennt man »delegieren«. Wenn Papa »delegiert«, wird Mama zur Familiensprecherin. Jemand wird zum »Sprecher«, wenn er im Namen anderer spricht. Das heißt nicht, dass beide gleichzeitig reden oder dass Mama die Stimme verstellt, um für Papa zu sprechen, sondern sie sagt das, was auch Papa denkt (zumindest glaubt er das).

»Schätzchen, dein Geburtstag wurde abgeschafft, aber wir lieben dich noch genauso sehr wie vorher«, begann Mama, »und du wirst von uns auch weiterhin Geschenke bekommen.«

»Wann?«, sprach ich das entscheidende Problem an.

Diese Frage warf sie aus der Bahn. Sie sahen sich an.

»Was wäre dir denn am liebsten?«, fragte Papa da plötzlich. Daran, dass er sich einmischte, merkte ich schon, dass die Situation wirklich außergewöhnlich war. »Am 5. oder am 7. Oktober?«

Papa schlug mir den Vortag meines eigentlichen Geburtstags vor oder den Tag darauf. Klar. Aber das war ja nicht das Gleiche. Das würde mir den ganzen Spaß verderben. Zumindest ein wenig. »Dann müssen das aber zum Trost besonders teure Geschenke sein«, meinte ich schließlich. Diese Art und Weise, jemanden durch höhere Ausgaben zufriedenzustellen, nennen die Erwachsenen »Schadenersatz«. (Dieses Wort habe ich letzte Woche gelernt, allerdings ist es nicht leicht auszusprechen.)

Was für eine traurige Sache, trotz allem.

Ich stellte eine weitere Frage:

»Aber wie alt bin ich dann jetzt eigentlich?«

Erneut sahen sie sich an.

»Der 6. Oktober aus den Jahren vor der Verordnung bleibt natürlich bestehen«, erklärte Mama, »das heißt, du brauchst keine Sorge zu haben, du bist noch immer zehn Jahre alt.«

Ich weiß nicht, was »Verordnung« bedeutet, aber das ist mir egal. »Verordnung« und »heimatlos« sind zwei Wörter, die mir nicht gefallen, und ich entschied, sie aus meinem Wortschatz zu streichen. Ich verließ das Wohnzimmer und ging zum Weinen in mein Zimmer, denn das war das Einzige, wonach mir gerade war.

Man hat mich dazu verurteilt, für immer zehn Jahre alt zu sein. Okay, ich werde dadurch nicht jünger, aber ich werde auch niemals älter sein. Ich werde für immer ein zehnjähriges Kind bleiben. Alle meine Klassenkameraden, meine Freunde würden älter und irgendwann erwachsen sein. Und sie würden jedes Jahr ihren Geburtstag feiern, mit einer Party, Geschenken und Süßigkeiten. Und sie würden eine tiefere Stimme kriegen (meine ist eher ein Piepsen). Irgendwann würden sie Pickel im Gesicht haben (na ja, das wird mir nicht wirklich fehlen). Aber vor allem würden sie größer, schlauer und stärker sein.

Ich dagegen würde allein zurückbleiben. Ohne dass es etwas zu feiern gab, für immer zehn Jahre alt. Was kein schlechtes Alter ist, aber auf die Dauer ist es sicher nicht so toll.

Ein drohender Schatten formierte sich am Horizont, denn mir war gerade noch etwas eingefallen: Wenn ich nicht älter würde, musste ich dann auch jedes Jahr die Schulklasse wiederholen?

Was für ein Albtraum!

Tatsache ist, dass die neue Lage, in der ich mich befand, nur Nachteile hatte.

Mama kam in mein Zimmer und setzte sich neben mich aufs Bett. Ich hatte das Gesicht im Kissen vergraben, und sie strich mir übers Haar wie, als ich noch kleiner war. Jetzt war sie nicht mehr die Familiensprecherin.

»Komm, Edu«, sagte sie leise, ganz nah an meinem linken Ohr, »das ist doch nicht so schlimm … Du wirst dich schon bald daran gewöhnen. Vielen Leuten geht es so wie dir;

überleg mal, wie viele Leute am 6. Oktober geboren wurden! Ihnen allen geht es wie dir, und sie haben es sicher nicht so schwergenommen.«

Doch das tröstete mich nicht. Die anderen waren bestimmt in einem besseren Alter. Schließlich konnten sie nicht alle zehn Jahre alt sein und »Eduardo María« heißen.

»Außerdem ist es nicht das erste Mal, dass so was passiert«, fuhr Mama fort. »Warum, glaubst du, hat der Februar nur achtundzwanzig Tage? Ganz sicher hatte er irgendwann mal einunddreißig Tage! Und all die Leute, die in den abgeschafften letzten Februartagen Geburtstag, haben, leben glücklich und zufrieden.«

»Na ja, dann hätten sie ja einfach noch einen Februartag streichen können!«

So leicht gab ich mich nicht zufrieden.

»Komm«, beharrte Mama, »sicher wird es in diesem Jahr andere tolle Tage geben ... Du musst einfach positiv denken.«

In diesem Moment fiel mir ein, was Oma jedes Mal sagt, bevor sie in Tränen ausbricht, weil sie etwas Furchtbares aus dem Fernsehen oder dem Radio erfahren hat: »Was für eine Tragödie!«

»Was für eine Tragödie!«, tat ich es ihr nach.

»Was hast du gesagt?«

»Dass das, was mir gerade passiert, eine ›Tragödie‹ ist.« Mama wusste offensichtlich nicht, was sie dazu sagen sollte, woraus ich schloss, dass ich das richtige Wort gewählt hatte.

Eine »Tragödie« ist etwas, weswegen man weint. Und keinen Geburtstag zu haben ist eine Tragödie. Zwiebeln zu schälen ist eine Tragödie. Und einen grauen Star im Auge zu haben ist auch eine Tragödie.

GEFANGEN IN DER ZEHN

In jener Nacht schlief ich schlecht. Daher begann ich den ersten Tag meiner *geburtstags-freien Zeit* mit dunklen Rändern unter den Augen. Das Leben ist wirklich schwer, wenn es kein Datum gibt, auf das man sich freuen kann.

Vielleicht werde ich nie wieder sehnsüchtig auf etwas warten.

Eigentlich wollte ich gar nicht mehr darüber reden, doch in den Fernsehnachrichten war die Abschaffung des 6. Oktobers noch immer ein Thema.

An jenem Morgen haben sie gesagt, dass er aus dem Kalender gestrichen wurde, weil er »überflüssig« sei.

Genau so haben sie den 6. Oktober bezeichnet: »überflüssig«! Es schien mir ein beeindruckendes Wort zu sein, und ich habe Papa gefragt, was es bedeutet.

»Überflüssig heißt unnötig«, antwortete er mir, bevor er im Anzug und mit dem Aktenkoffer in der Hand das Haus verließ, um zur Arbeit zu gehen.

»Unnötig?« Also mir erschien es sehr nötig, einen Geburtstag zu haben.

Etwas später, in der Schule, wollte ich mir bei meiner Banknachbarin Sandra einen Radiergummi ausleihen. Doch sie hatte keinen. Deshalb und weil ich die Worte, die ich neu gelernt habe, gern gleich anwende, habe ich zu Sandra gesagt, dass sie eine »überflüssige« Klassenkameradin sei. Keine Ahnung, warum sie daraufhin angefangen hat zu weinen. Ich glaube, sie hat mich nicht verstanden und gedacht, ich hätte sie beschimpft.

Bei dem ganzen Getue ist natürlich die Lehrerin auf uns aufmerksam geworden.

»Was ist los?«, hat sie mich ziemlich streng gefragt.

In diesem Moment fiel mir meine Oma wieder ein. Also habe ich auf Sandra gezeigt und gesagt: »Eine Tragödie.«

Ich habe keine Ahnung, warum ich dafür bestraft wurde. Das muss an der Macht der

Worte liegen. Mama sagt immer, dass man vorsichtig mit ihnen umgehen muss.

In der Schule starrten mich alle an und fingen an zu tuscheln, wenn ich durch den Flur ging. Schade, dass ich ausgerechnet jetzt, da ich noch das gleiche Alter habe wie meine Klassenkameraden, für sie zu einem seltsamen Typen geworden bin. Jedenfalls behandeln sie mich anders als vorher.

Ich bin der Einzige in der Klasse, der an einem Tag geboren wurde, den es nicht mehr gibt.

In der dritten Stunde haben wir Raúls Geburtstag gefeiert.

Raúl ist so dick, dass er mal einen Stift in einer seiner Bauchfalten verloren hat (als er später gähnen musste, hat er ihn wiedergefunden).

Ich konnte nicht anders und bin zum Weinen auf die Toilette gegangen. Warum dürfen die anderen ihren Geburtstag behalten? Das ist ungerecht!

Das Schlimmste war, wie die anderen mich angesehen haben, als ich zurück in die Klasse gekommen bin. Dieses betretene Schweigen … Ich tue ihnen leid.

Es stört mich, dass ich anderen leidtue. Ich bin zu einem »minderwertigen Kind« geworden.

Einem »Unterkind«.

Jetzt bin ich zum Glück wieder zu Hause. Ich betrachte mich in meinem Zimmer im Spiegel. Trotz allem bin ich noch immer derselbe: Ich heiße Eduardo María, habe blonde Haare und bin seit einer Woche zehn Jahre alt (und werde das für eine sehr lange Zeit auch bleiben, wie ja bereits allgemein bekannt ist). Ich mag Videospiele, Fußball und Lesen. Angeblich bin ich sehr schlau für mein Alter und habe das Gehirn eines Vierzehnjährigen. Dafür habe ich den Körper eines Achtjährigen, was weniger oft zur Sprache kommt. Ich bin klein und dünn, blass im Gesicht und habe Sommersprossen. In der Kombination ist das Ganze weit weniger spektakulär.

Niemand kann sich vorstellen, wie schwierig das Leben eines zehnjährigen Kindes mit dem Gehirn eines Vierzehnjährigen und dem Körper eines Achtjährigen ist. Um das alles zu verstehen, müsste ich Mathematik studieren! Wenn ich wählen könnte, wäre ich lieber acht Jahre alt mit dem Körper eines Vierzehnjährigen und dem Gehirn eines Zehnjährigen zum Beispiel. Das erscheint mir viel sinnvoller. Vielleicht wäre es mir dann nicht so wichtig, keinen Geburtstag zu haben.

An diesem Abend ist meine Schwester nicht zu Hause. Beim Abendessen achte ich genau auf meine Eltern. Das heißt, ich achte darauf, dass sie mich weniger beachten, denn eigentlich müsste nicht ich es sein, der sie beachtet.

Was für ein Durcheinander!

Was ich meine, ist, dass sie mich weniger beachten als gestern. Und das finde ich gar nicht gut, dann schließlich bin ich immer noch das »Opfer« besonderer Umstände, sodass die ganze Familie eigentlich auch besonders auf mich achten müsste. Ich brauche doch jetzt tonnenweise besondere Aufmerksamkeit. Denn schließlich erlebt man nicht jeden Tag eine so furchtbare Tragödie, wie ich sie gerade durchmache.

Doch mein größtes Problem ist in diesem Haus bereits keine aufregende Neuigkeit mehr, wie ich feststelle. Mama und Papa schenken mir immer noch mehr Aufmerksamkeit als sonst, allerdings ist ihnen ihre Besorgnis nicht mehr anzumerken. Sie wenden ihre Aufmerksamkeit bereits wieder anderen Dingen zu, und ich nehme mir vor, sie gleich noch mal daran zu erinnern, was Sache ist.

»In der Schule sehen sie mich komisch an, seit ich keinen Geburtstag mehr habe«, erkläre ich. »Wenn das so weitergeht, werde ich noch zum ›Außenseiter‹.«

Mamas Gabel mit dem aufgespießten Stück Filet bleibt auf halbem Weg in der Luft hängen.

Ein Stückchen Kalbfleisch und ein nicht existierendes Datum im Kalender stehen nun zwischen uns. Ich weiß nicht, ob es das ist, was man einen »Generationskonflikt« nennt, jedenfalls nehme ich eine neue Distanz zwischen uns wahr. Wahrscheinlich weil meine Eltern noch einen Geburtstag haben und ich nicht.

»Ein Außenseiter?«, wiederholt sie.

»Ja«, antworte ich. »Ein Außenseiter ist jemand, der allein ist, weil es keinen gibt, der …«

»Mama weiß, was ein Außenseiter ist, Eduardo María«, unterbricht mich mein Vater. »Du brauchst uns keine Wörter erklären.«

Ich schweige. Wenn ich wirklich vorgehabt hätte, die neuesten Wörter, die ich gelernt habe, anzuwenden, wären das wesentlich beeindruckendere Vokabeln gewesen, wie zum Beispiel »vergänglich« (kurzzeitig) oder »Präsent« (Geschenk). »Überflüssig« dagegen behalte ich lieber erst mal für mich, bis ich die genaue Bedeutung kenne, denn ich will nicht noch mal deswegen Ärger bekommen.

»Das liegt nur daran, dass es etwas Neues ist«, meint Mama schließlich. »In ein paar Tagen haben die anderen Kinder in der Schule das mit dem Geburtstag schon wieder vergessen. Du musst nur ein wenig Geduld haben.«

Was würden sie vergessen? Dass ich zu einem unvollständigen Kind geworden war? Das bezweifle ich. Ich bin jetzt irgendwie … exotisch. Ein Kind ohne Geburtstag ist eine seltsame Spezies. Wie ein Vampir ohne Zähne oder ein freundlicher Zombie oder ein Monster, das keinen Menschen erschrecken kann. Eine seltsame, bemitleidenswerte Spezies.

»Du musst tapfer sein und damit fertigwerden«, fügt Papa hinzu und wischt sich den Mund mit der Serviette ab. »Das, was passiert ist, macht aus dir etwas Besonderes. Verstehst du das nicht? Es macht dich einzigartig.«

Was für ein Quatsch!, denke ich, während ich mich über meinen Teller beuge. Wenn es mich zu etwas Besonderem macht, keinen Geburtstag zu haben, verzichte ich gern darauf. Dann bin ich gern gewöhnlich. Extrem gern. Wenn ich dann wieder ganz gewöhnlich meinen gewöhnlichen Geburtstag feiern kann.

Und bergeweise gewöhnliche Geschenke bekomme.

Pah! Was wirklich äußerst *gewöhnlich* werden würde, ist mein derzeitiges Alter. Wie werde ich mich wohl fühlen, wenn ich erst mal zwanzig Jahre lang zehn Jahre alt bin? Wenn man so will, habe ich jetzt schon mein *endgültiges* Alter erreicht.

Wie schrecklich!

Papa und Mama, die sich meines Traumas überhaupt nicht bewusst sind, beginnen ein Gespräch über ihre Arbeit, das mich komplett ausschließt. Sie sehen mich gar nicht mehr.

Wie es aussieht, kann ich auf sie nicht zählen, um mein Problem zu lösen. Aber eines ist sicher: Ich werde den Verlust meines Geburtstages nicht einfach so hinnehmen.

Ich werde um meinen Geburtstag kämpfen!

Ich werde auf dieses Datum nicht verzichten. Das steht fest.

Und ich weiß auch schon, wer mir bei dieser Mission helfen wird: der Mann im Laden der Verbotenen Dinge.

Denn ungewöhnliche Situationen erfordern ungewöhnliche Maßnahmen.

DER LADEN DER VERBOTENEN DINGE

Das Gute daran, in einer Kleinstadt zu leben, ist, dass meine Eltern mich allein aus dem Haus lassen, damit ich zu meinen Freunden kann, die den ganzen Tag auf dem Platz in der Nähe von unserem Haus Fußball spielen.

Denn die Zeit vergeht schnell beim Fußballspielen – wenn man noch einen Geburtstag hat.

Doch heute spiele ich nicht mit. Weil ich auf geheimer Mission bin: Ich muss den Laden der Verbotenen Dinge aufsuchen, der gleich um die Ecke liegt (in unserem Städtchen liegt alles »gleich um die Ecke«).

Ich sage meinen Freunden, dass ich umgeknickt bin und lieber nicht Fußball spielen möchte. Dann sehe ich ihnen eine Weile zu, und als sie nicht mehr auf mich achten, verlasse ich den Platz und mache mich auf den

Weg zu meinem geheimen Ziel. Wo ich kurz darauf eintreffe.

Der Laden der Verbotenen Dinge ist ein seltsames Geschäft. Er hat ein riesiges Schaufenster, das um die Ecke geht (und im Dunkeln beleuchtet ist) und in dem jede Menge eigenartiger Dinge zu sehen sind. Der Verkaufsraum dagegen ist winzig und besteht eigentlich nur aus einem Tresen, hinter dem ein sehr großer, elegant in Schwarz gekleideter Mann steht und auf Kundschaft wartet: der Verkäufer. Von der Straße aus kann man seine Gestalt erkennen, und in den zehn Jahren meines Lebens – den ewigen zehn Jahren – hatte ich den Laden weder irgendwann einmal betreten noch jemals einen Kunden darin gesehen.

Ich kenne auch niemanden, der einmal dort hineingegangen ist oder es vorhat. Keinen aus meiner Familie, keinen in der Stadt, keinen in der ganzen Welt. Also gibt es entweder jemanden, der lügt, oder es ist niemals jemand in dem Geschäft gewesen und der Verkäufer ist hinter dem Tresen geboren worden.

Als ich noch klein war, habe ich regelmäßig denselben Nachbarn im Aufzug getroffen, und lange Zeit dachte ich, dass der Mann in dem Fahrstuhl wohnte. Schließlich gibt es noch viel seltsamere Dinge.

Wie ich schon gesagt habe, ist der Laden der Verbotenen Dinge ein sehr geheimnisvoller Ort. Das Schaufenster, das um die Ecke geht, das düstere Innere und die Gestalt des Verkäufers, der in seiner Ecke auf Kundschaft wartet … Ja, es ist ein beunruhigender Ort. Papa hat mir sogar verboten, vor der Tür stehen zu bleiben, wenn wir auf der anderen Straßenseite vorbeigehen. Doch auch wenn ich ein sehr gehorsames Kind bin, hatte ich es doch hin und wieder gewagt, mich dem Laden zu nähern, um mir die Ware im Schaufenster anzusehen. Denn darin befinden sich immer die eigentümlichsten Dinge. Ich wüsste gern, was sie kosten und wozu sie dienen, aber es gibt weder Hinweisschilder noch Preisangaben.

All das ist sehr rätselhaft.

An diesem Tag drücke ich mich lange in der Nähe des Ladens herum. »Herumstreichen«

würde meine Oma sagen, die mit der »Tragödie«. Doch schließlich fasse ich mir ein Herz; meine Lage ist so verzweifelt, dass ich es vorziehe, ungehorsam zu sein.

Ich nutze einen günstigen Moment, als niemand auf der Straße zu sehen ist, und trete durch die Tür.

»Guten Tag, sind Sie der Verkäufer?«, frage ich den Mann in Schwarz leise.

Der Verkaufsraum ist so winzig, dass man nach dem Eintreten sofort vor dem Tresen steht. Es ist wirklich ein Mini-Geschäft. Das Gesicht des Mannes, der nun aufblickt, ist länglich, bleich, und er hat einen kleinen Schnurrbart. Seine Augen glänzen, während er mich mustert.

»Ich bin kein Verkäufer. Ein Verkäufer ist jemand, der etwas verkauft«, erklärt er. »Aber ich kann meine Ware nicht verkaufen, da es gesetzlich verboten ist.«

»Aha.«

Ich weiß nicht, was ich darauf sagen soll. Schließlich ist es das erste Mal, dass ich mich in einem Laden der Verbotenen Dinge befinde.

»Das war eine Fangfrage, stimmt's?« Mit zusammengekniffenen Augen beugt sich der Mann zu mir herunter.

Ich will zurückweichen, doch dazu ist zu wenig Platz. Mein Rücken stößt gegen die Eingangstür.

»Nein, mein Herr, das war keine Falle. Es tut mir leid.«

Ich habe keine Ahnung, wofür ich mich entschuldigt habe.

Der Mann hinter dem Tresen richtet sich wieder auf.

»Bist du ein Geheimagent oder von der Polizei?« Er sieht mich weiterhin misstrauisch an.

»Ein Geheimagent?« Ich verstehe nicht, wie dieser Mann darauf kommt, dass ein zehnjähriges Kind mit dem Körper eines Achtjährigen und dem Gehirn eines Vierzehnjährigen für die Polizei arbeiten könnte. »Ich … Ich bin ein Kind, mein Herr.«

»Sicher, dass das nicht nur eine Verkleidung ist?«

Er zeigt auf mich. Was er wohl damit sagen will? Ob er meine kleine, knochige Gestalt meint? Will er damit sagen, dass mein Körper ihm wie eine Verkleidung vorkommt?

»Ich … Ich bin wirklich so.« Auf einmal fühle ich mich extrem eingeschüchtert. Eine neue »Tragödie« ist im Anmarsch, denn ich merke, dass mir die Tränen in die Augen steigen. »Ich bin wirklich nur ein zehnjähriges Kind.«

Am besten gewöhne ich mich schnellstens daran, denke ich. Denn das würde ich noch für viele Jahre bleiben.

»Ja, jetzt sehe ich es auch.«

Meine Erklärung scheint ihn überzeugt zu haben, denn seine Miene hat sich entspannt.

»Wie heißt du?«

»Edu.«

»Ich bin Vinicius.«

»Sehr erfreut, Herr Vinicius.«

Man muss immer höflich bleiben, wie Mama sagt. Dann wage ich zu fragen:

»Aber wenn Sie nicht der Verkäufer sind, was sind Sie dann?«

»Ich bin ein Angestellter«, erklärt er zufrieden.

»Aha.«

Ich sehe keinen großen Unterschied zwischen einem »Verkäufer« und einem »Angestellten«.

»Ja«, bekräftigt er, »ein An-ge-stell-ter. Denn wenn du mich fragst, ob eines der Dinge im Laden zu verkaufen ist, welches auch immer, dann stelle ich mich an. Ich bin ein Angestellter, weil ich mich anstelle. Das heißt, ich stelle mich immer an, wenn jemand nach meiner Ware fragt.«

Ich verstehe immer weniger. Hatte er nicht gesagt, dass er keines von den Dingen verkaufen könne, da es verboten sei?

»Sie stellen sich also an«, wiederhole ich. »Und wieso?«

Der Mann streicht sich über den Schnurrbart.

»Weil das Gesetz mir verbietet, irgendetwas von dem, was sich in diesem Laden befindet, zu verkaufen.«

»Ach so. Also wenn das Gesetz geändert würde, dann könnten Sie etwas verkaufen, oder?«

»Theoretisch ja.«

»Theoretisch?«

»Das Problem ist, dass dies ein Geschäft für verbotene Dinge ist, und das heißt, dass ich darin keine erlaubten Dinge verkaufen kann.«

»Wow!«

»Das ist eine sehr komplexe Sache, ja.«

»Aber … dann … warum haben Sie denn ein Geschäft mit Dingen, die Sie nicht verkaufen können?«

Er sieht mich an, als ob er nicht glauben könnte, was er gerade gehört hat.

»Warum wohl?«, ruft er aus. »Nur für den Fall!«

Ich denke, dass er sicher noch etwas sagen wird, doch der Mann schweigt, als ob er bereits alles gesagt hätte. Das zwingt mich dazu, weiterzufragen. Was für ein schwieriger Mensch!

Seine Gegenwart schüchtert mich ein, aber meine Neugierde ist größer:

»Sie haben ein Geschäft für verbotene Dinge …«, wage ich mit leiser Stimme nachzuhaken, »… nur für den Fall … dass?«

Ich fühle mich winzig klein auf meiner Seite des Verkaufstresens, während er sich darauf konzentriert, über seine Schnurrbartspitzen zu streichen. Dann feuchtet er sich mit der Zunge die Lippen an, bevor er den Blick aus seinen dunklen Augen auf mich richtet.

»Für den Fall, dass sich das Gesetz ändert, was denn sonst?« Er breitet die Arme aus. »Ich habe hier im Laden absolut alles, was verboten ist. Alles. Und sobald sich auch nur ein klitzekleines Gesetz ändert, bin ich der Einzige, der das neue, dann legale Produkt anbieten kann. Ist das nicht eine großartige Idee?«

»Aber haben Sie nicht eben gesagt, dass Sie es in dem Fall auch nicht verkaufen könnten?«

»Du bist noch zu klein, um das zu verstehen.« Herr Vinicius schüttelt den Kopf. »Es geht um das befriedigende Gefühl, der Einzige zu sein, der etwas hat, was andere sich ersehnen …«

Damit kann er mich nicht überzeugen, und ich weiß auch gar nicht, was »ersehnen« bedeutet.

»Aber vielleicht ändert sich das Gesetz gar nicht …«, sage ich kaum hörbar.

»Junge, ein Geschäftsmann lebt von der Hoffnung. Die Hoffnung ist der Schlüssel. Man muss träumen. Mit der Zeit ändert sich alles. *Alles*.«

Darin muss ich ihm recht geben, alles ändert sich. Sogar der Kalender. Ich denke an die Zeit, als es noch einen 6. Oktober gab.

SEHNSUCHT UND ANDERE SYNDROME

Der Mann ist hinter dem Verkaufstresen hervorgetreten. Geschickt schlängelt er sich an mir vorbei. Sein schwarzer Anzug schimmert, während er sich ins Schaufenster beugt.

»Sieh mal«, sagt er, während er auf einige der Dinge in der Auslage zeigt, »ein Gerät, um Menschen zu klonen, eine Zeitmaschine, ein Roboter, der eigenständig denken kann, eine Maschine, um Geldscheine zu fälschen ... Ich habe alles, was man sich vorstellen kann, Junge! Sobald ein Gegenstand verboten ist, ist mein Interesse erwacht.«

»Und warum ist der Verkaufsraum so klein?«

»Noch so eine dumme Frage!« Der Mann streicht sich den Anzug glatt. »Weil niemand ein Geschäft betritt, um etwas zu kaufen, was nicht zu verkaufen ist. Das wäre doch absurd! Was sollte ich also mit einem großen Verkaufsraum?«

»Stimmt.«

Das macht tatsächlich Sinn.

»Das Schaufenster dagegen ist groß«, fügt er hinzu, »denn ich zeige gern Dinge, die man nicht haben darf. Die Leute drücken sich von draußen an der Scheibe die Nase platt … Das ist lustig.«

Allmählich werde ich wütend.

»Ich finde nicht, dass das lustig ist.«

Denn letztendlich blicke ich genauso auf meine Klassenkameraden. In ihnen sehe ich den Geburtstag, den ich nicht haben kann. Und, nein, das ist nicht lustig.

»Ich schon, Junge. Du müsstest mal ihre Gesichter sehen … Man wünscht sich nichts mehr als die Dinge, die man nicht haben kann.«

»Ich weiß.«

Meine überzeugte Antwort hat ihn neugierig gemacht.

»Und das hindert sie daran, dass zu genießen, was sie haben«, fügt er hinzu. »Die Leute sind dumm.«

Wir schweigen eine Weile. Ich hätte zu gern einen Geburtstag, um ihn zu genießen.

»Und deshalb sind keine Preise im Schaufenster«, stelle ich fest. »Warum sollte etwas einen Preis haben, was man nicht kaufen kann.«

»Sehr gut, mein Junge. Allmählich hast du es verstanden.«

Wir schweigen erneut.

»Haben Sie gehört, dass der 6. Oktober aus dem Kalender gestrichen wurde?«

Er nickt, ohne der Frage weitere Bedeutung zu schenken.

»Das ist mir egal, denn im nächsten Jahr fällt dieses Datum sowieso auf einen Sonntag.«

»Aber das war mein Geburtstag!«, rufe ich aus. »Ich habe ein Recht auf meinen Geburtstag … Auch ich habe Rechte!«

Ich beginne zu weinen. In letzter Zeit weine ich ziemlich oft, wie mir gerade auffällt.

Das Gesicht des Angestellten ist nicht mehr ganz so streng. Wie es scheint, beginnt er mich zu verstehen, wird ihm allmählich der Grund klar, warum ich an diesem

Morgen zum ersten Mal in meinem Leben seinen Laden betreten habe.

Herr Vinicius greift unter den Verkaufstresen und holt einen Kalender des aktuellen Jahres hervor. Er hält ihn mir hin.

»Das ist der einzige Kalender, in dem noch der 6. Oktober verzeichnet ist. Alle anderen wurden inzwischen eingesammelt. Deswegen ist es ein verbotener Kalender. Bewahr ihn gut auf, dann wirst du nie vergessen, dass es eine Zeit gab, in der auch du Geburtstag hattest.«

»Ich kann ihn nicht bezahlen.«

»Und ich kann ihn nicht verkaufen. Deswegen schenke ich ihn dir.«

»Danke …«

Ich habe den Kalender aufgeschlagen, und als ich den 6. Oktober finde, höre ich auf zu weinen.

Ich denke an meinen letzten Geburtstag zurück, an die Geschenke, die Feier. Zärtlich streiche ich über die Seite und spüre daraufhin ein seltsames Kribbeln in mir.

»Das, was du jetzt fühlst, nennt man ›Sehnsucht‹«, sagt der Angestellte. »Das ist nichts

Schlechtes, solange man es damit nicht übertreibt.«

Ich nehme mir vor, mir dieses neue Wort zu merken. »Sehnsucht.« Es gefällt mir.

»Ist es denn so wichtig für dich, Geburtstag zu haben?«, fragt mich Herr Vinicius. »Viele Leute freuen sich gar nicht darauf. Wieso hängst du so daran?«

Ich wische mir über die Augen und denke darüber nach. Dabei wird mir klar, dass es nicht nur an den Geschenken liegt, die man zum Geburtstag bekommt.

Mir fallen noch mehr Gründe ein, wie das Lächeln von Mama und Papa, die an diesem Tag immer ein wenig glücklicher sind als sonst. Die Möglichkeit, die Freude mit meinen Freunden zu teilen, die Kerzen auf der Torte auszublasen, zu fühlen, dass ich älter werde …

Der Angestellte mustert mich, und ich glaube, er errät meine Gedanken.

»Ich möchte Geburtstag haben, um älter zu werden«, sage ich, »um zu lernen, die Welt mit den Augen eines Erwachsenen zu sehen, um mehr Dinge kennenzulernen.«

Ja, ich will älter werden. Erwachsen. Diesen kleinen Körper loswerden, der wie eine Verkleidung wirkt, die piepsige Stimme. Ich will am Telefon nicht mehr für ein Mädchen gehalten werden.

Der Angestellte nickt.

»Die Erwachsenen betrachten die Welt mit weniger Hoffnung und Freude. Bist du dir sicher, dass du bereit bist, diesen Preis zu zahlen?«

Mir ist nicht wirklich klar, was er damit sagen will, doch ich antworte ohne jeden Zweifel.

»Ja.«

Herr Vinicius nickt wieder.

»In Ordnung«, sagt er, »du hast mich überzeugt. Also werde ich dir helfen, Ewiger Zehnjähriger. Komm mit.«

Ich bezweifle, dass es eine Möglichkeit gibt, mir zu helfen, doch seine Worte haben mich neugierig gemacht. Der Angestellte gibt mir ein Zeichen, ihm hinter den Verkaufstresen zu folgen. Er bückt sich und öffnet eine versteckte Falltür im Boden, unter der eine Treppe zu sehen ist, die in den Keller führt.

»Das ist mein Lager der verbotenen Dinge. Du bist der erste Kunde, dem ich erlaube, es sich anzusehen.«

»Danke, mein Herr, aber ich weiß nicht, ob ich …«

Mama und Papa sagen immer, dass ich Fremden nicht vertrauen soll. Der Mann erahnt den Grund meines Zögerns.

»Ich bin kein Fremder, zehnjähriger Edu. Ich bin der Angestellte dieses Geschäfts. Keine Angst. Komm mit, und dann kannst du in ein paar Minuten zurück nach Hause gehen.«

Er hält mir eine Taschenlampe hin. Ich nehme sie mit der freien Hand, während ich in der anderen noch immer den verbotenen Kalender halte.

»Pass auf, dass du nicht stolperst«, warnt Herr Vinicius mich lächelnd.

Er hat ebenfalls eine Taschenlampe in der Hand. Wir schalten die Lampen ein und beginnen mit dem Abstieg. Mann, ist das aufregend!

DER ZEITSAUGER

Der Angestellte und ich sind am Fuß der Treppe angekommen. Vor uns erstreckt sich ein riesiger Lagerraum. Tausende Kisten, Pakete und Gegenstände jeglicher Größe, Form und Farbe ragen in der Dunkelheit um uns herum auf.

Ich will alles sehen.

»Mal schauen, ob wir finden, was du brauchst …« Herr Vinicius kratzt sich am Kinn. »Ich muss mich nur erinnern …«

Er geht zwischen den hoch aufgestapelten Kartons entlang. Liest die Aufschriften der Etiketten, bis er auf einen in grünes Papier eingewickelten Gegenstand stößt.

»Aah … Hier ist es.«

Vorsichtig hebt er den Gegenstand hoch, stellt ihn auf einen Tisch und beginnt ihn auszupacken. Ich trete neben ihn und warte schweigend ab, während ich vor Neugierde fast sterbe. Was kann in diesem Paket sein, das mir, einem Kind, das seinen Geburtstag verloren hat, helfen könnte?

»Et Voilà!« Herr Vinicius tritt feierlich einen Schritt zurück, damit ich ungestört den seltsamen Gegenstand betrachten kann, der kleiner und schmaler ist als mein Schulrucksack.

Ich nähere mich dem Apparat, um ihn genauer zu betrachten. Dennoch überzeugt mich nicht, was ich sehe. Mein Problem ist viel zu ernst, um es mit einem einfachen Spielzeug lösen zu können – denn ein solches scheint das Ding zu sein, das da vor mir steht.

Es gibt nichts auf der Welt, was mir meinen Geburtstag zurückgeben kann. Gesetz ist Gesetz.

Die Maschine, die Herr Vinicius mir anbietet, ähnelt mit dem gläsernen Behälter an der Rückseite einer Saftpresse. Der Unterschied liegt allerdings darin, dass dieser graue Apparat oben eine Art Saugkopf hat und vorn eine Öffnung, in der ein Pendel zu sehen ist, eine kleine Digitalanzeige und mehrere

Knöpfe. An der Hinterseite ist außerdem ein Stromkabel befestigt, das man in eine Steckdose stecken kann.

Das Ding sieht aus wie das Werk eines verrückten Erfinders.

»Das ist die Batterie.« Der Angestellte fügt ein rechteckiges Metallteil hinzu.

Die Maschine geht an. Ein Brummen ist zu hören, und auf der Digitalanzeige ist in Rot *00* zu lesen.

»Du musst die Batterie hin und wieder aufladen«, sagt Herr Vinicius. »Damit der Apparat funktioniert.«

»Und was … was ist das?«, wage ich schließlich zu fragen.

»Hiermit präsentiere ich dir …«, verkündet der Angestellte und macht eine dramatische Pause, »… den einzigen ›Zeitsauger‹, den es noch auf dem Markt gibt. Alle anderen wurden im Auftrag der Regierung vernichtet. So sagt man jedenfalls. Und es ist strengstens verboten, ihn zu benutzen.«

»Ein *Zeitsauger*?«

Von etwas Derartigem habe ich noch nie gehört.

»Ja. Es handelt sich um ein Gerät, mit dem man den Tagen ein paar Minuten wegnehmen kann. Erfunden hat es ein gewisser Mister Smith. Dies ist das Modell ›Turbo‹, das eine Kapazität von höchstens 1.440 Minuten hat.«

»1.440 Minuten?«

»Ja. Genau die Menge, die du brauchst. Es ist perfekt für dich.«

Ich verstehe kein Wort.

»Ich brauche diese Menge an Minuten?«

Der Angestellte scheint allmählich die Geduld zu verlieren.

»Wach auf, Junge! Ich weiß doch, dass du nicht auf den Kopf gefallen bist.«

Ja, das bin ich tatsächlich nicht. Normalerweise. So schlau wie ein Vierzehnjähriger im Körper eines Achtjährigen und dauerhaft zehn Jahre alt. Es ist nicht nötig, mich daran zu erinnern. Ich bin eine menschliche Formel.

»Wenn ich es richtig verstanden habe, hat man dir einen ganzen Tag gestohlen, oder?«, hilft mir der Angestellte auf die Sprünge. »Überleg mal …«

Er hält mir einen Taschenrechner hin.

Allmählich dämmert es mir. Ein Tag hatte 24 Stunden. Und jede Stunde 60 Minuten. Das bedeutete, dass … wenn ich 24 mit 60 multiplizierte, das Ergebnis … – ich tippe es in den Taschenrechner ein – die Anzahl der Minuten ist, aus denen ein Tag besteht. Nicht mehr und nicht weniger.

1 Tag = 24 Stunden
24 Stunden x 60 Minuten = 1.440 Minuten

»Wollen Sie damit sagen … dass ich mit dieser Maschine all diese Minuten stehlen kann?«

»Du kannst sie stehlen und daraus einen ganzen Tag machen, genau«, antwortet der Angestellte. »Den Tag, der in deinem Kalender fehlt, mein lieber Zehnjähriger. Mit diesem Wunder der Technik kannst du dir deinen Geburtstag wiederbeschaffen. Wenn du dich traust, sie zu benutzen, natürlich.«

»Aber natürlich traue ich mich!«

Ich bin so nah an den Apparat herangetreten, um ihn genauestens zu begutachten, dass ich beinahe mit der Nase dagegen stoße.

Vorsichtig streiche ich mit den Fingern über das zylindrische Gehäuse. Es ist ein einzigartiges Gerät, das für mich einen unschätzbaren Wert hat.

»Und wie … wie funktioniert das?«

»Ganz einfach. Du drückst auf den *Power*-Knopf hier unterhalb der Digitalanzeige …«, Herr Vinicius folgt seiner eigenen Anleitung, »… und wie du siehst, leuchtet, abgesehen von dem Brummen, ein rotes Lämpchen auf. Dann wartest du ein paar Sekunden, bis die Maschine warm wird. Sobald dies geschehen ist, wird das Lämpchen grün. Siehst du!«

Es stimmt. Das Lämpchen leuchtet nun nicht mehr rot, sondern grün. Auf der Digitalanzeige ist immer noch *00* zu lesen.

»Das grüne Licht zeigt an, dass die Maschine funktionsbereit ist«, fährt der Angestellte fort. »Nun musst du auf den runden Schalter auf der anderen Seite drücken. Wie viel Uhr ist es, Zehnjähriger?«

Ich sehe auf die Uhr.

»Viertel nach fünf.«

»Okay.«

Der Angestellte drückt auf den runden Knopf an der Maschine. Mit einem leisen Ticktack setzt sich das Pendel in Bewegung. Zu dem Brummen kommt nun noch ein leises Sauggeräusch aus dem Saugkopf. Die Anzeige steht jetzt nicht mehr auf *00*, sondern zählt nacheinander die Sekunden: eins, zwei, drei, vier, fünf, sechs, sieben, acht.

Der Angestellte drückt noch einmal auf den runden Schalter, und das Sauggeräusch bricht ab. Das Pendel steht wieder still. Ich bin verwirrt, fühle mich ein wenig schwindelig. Und aus irgendeinem Grund verspüre ich den unwiderstehlichen Drang, Purzelbäume zu schlagen. Etwa zwanzig Sekunden lang versuche ich unter dem aufmerksamen Blick von Herrn Vinicius in dem vollgestellten Lagerraum eine Rolle vorwärts hinzukriegen. Doch das Einzige, was ich dabei erreiche, ist, einer Vitrine einen kräftigen Tritt zu versetzen.

»Keine Sorge«, beruhigt mich der Angestellte, als ich mich wieder aufrecht halten kann, ohne zu zappeln. »Die gestohlene Zeit verursacht seltsame Reaktionen bei den Diebesopfern, das ist völlig normal. Geht es dir gut?«

»Ja … Ich glaube, ja.«

»Also, dann sag mir doch mal, wie spät es ist.«

Ich sehe erneut auf die Uhr.

»Vierundzwanzig Minuten nach fünf.«

Ich bin überrascht. Es ist doch gerade mal eine Minute her, dass es Viertel nach fünf war, und dennoch … Laut meiner Uhr ist es bereits neun Minuten später! Wie ist das möglich?

»Wir haben gerade acht Minuten gestohlen«, bestätigt der Angestellte. »Hier hast du sie, zusammen mit der Zeit, die du damit verbracht hast, Purzelbäume zu schlagen.«

Er weist auf den Glasbehälter an der Maschine, auf dessen Boden eine feine Schicht glänzenden Sands zu sehen ist.

»Zeit ist Sand, Zehnjähriger. So vergeht sie, sie zerrinnt uns zwischen den Fingern.«

Ich verstehe noch immer nicht, wie es vor sich geht, dass das Gerät sich die Minuten aneignet.

»Aber wie …«

»Die Maschine trocknet die Zeit«, entgegnet mir der Angestellte. »Sie kondensiert sie in Form von Sand. Siehst du diese kleinen Kristalle, die aussehen wie Quarz? Deswegen glänzt er so.«

»Der Sand ist anders als der am Strand …«

»Der Sand am Strand ist abgelaufene, verbrauchte Zeit, den die Flut der Vergangenheit mit sich bringt. Damit kannst du Sandburgen bauen, aber keine Zeit zurückgewinnen.«

Ich kann noch immer nicht glauben, was ich sehe.

»Aber …«

Der Angestellte hebt den Zeitsauger hoch, damit ich den Glasbehälter besser betrachten kann.

»Das Wertvolle an dem glänzenden Sand, der sich in dieser Maschine ansammelt, ist …«, so erklärt er mir, »… dass es sich um Lebenszeit handelt, Junge. Zeit, die dir jederzeit zur Verfügung steht.«

Der Angestellte drückt auf den letzten Knopf, der schwarz ist, und die rote Zahl auf der Anzeige wird immer niedriger, wobei erneut das Brummen zu hören ist: acht, sieben, sechs, fünf, vier, drei, zwei, eins, null-null.

»Jetzt befreien wir gerade die angesammelte Zeit«, erklärt er weiter. »Die acht Minuten stehen uns erneut zur Verfügung.«

Ich sehe auf die Uhr. Es ist achtzehn Minuten nach fünf, nachdem es vorher bereits sechsundzwanzig nach fünf war!

Das Ganze hat mich derart beeindruckt, dass ich kein Wort mehr herausbringe. Der Sand in dem Behälter des Saugers ist verschwunden.

DER JUNGE OHNE GEBURTSTAG FÜRCHTET DEN REGEN NICHT

Wir gehen wieder nach oben in den Laden. Herr Vinicius stellt den Sauger vorsichtig auf den Verkaufstresen und packt ihn in eine Schutzhülle. Dann schließt er eilig die Falltür über der Treppe. Der Zugang zu dem Kellerraum ist nicht mehr zu sehen. Nur er und ich wissen von den vielen wunderlichen Dingen, die unter unseren Füßen versteckt sind, all die verbotene Ware. Er wirft mir einen komplizenhaften Blick zu, und ich fühle mich sehr, sehr wichtig …

Ich kenne sein Geheimnis.

Vor Aufregung bekomme ich Bauchschmerzen.

Ich kehre zu meinem Platz auf der anderen Seite des Tresens zurück und werde wieder zu einem ganz normalen Kunden (vielleicht dem einzigen in den letzten hundert Jahren). Da es für den Zeitsauger keine Gebrauchsanweisung gibt, erklärt Herr Vinicius mir, wie er funktioniert:

»Vergiss nicht, Zehnjähriger, dass Zeitdiebstahl in diesem Land eine Straftat ist.« Herr Vinicius ist sehr ernst geworden und wendet den Blick nicht von der Straße, während er spricht. »Wenn du erwischt wirst, kommst du ins Gefängnis ... Und glaub mir – im Gefängnis sind Geburtstage nicht wirklich von Bedeutung. Stell dir mal die Unannehmlichkeiten vor, die du deinen Eltern bereiten würdest.«

Er flüstert. Wir müssen wirken wie zwei Spione auf feindlichem Gebiet.

»Ich werde sehr vorsichtig sein, Herr Vinicius«, verspreche ich meiner Rolle als Spion gemäß. »Niemand wird etwas merken.«

Mein Mitverschwörer nickt.

»Die beste Art zu vermeiden, dass die Sache auffällt, ist, immer nur kleine Mengen zu stehlen«, fährt er fort. »Dann merkt keiner was. Heute fünf Minuten, morgen sieben ... Komm nicht auf den Gedanken, mehrere

Stunden auf einmal zu stehlen, um schneller fertig zu werden, das fällt sofort auf.«

Ich schüttele den Kopf. Mir ist schon klar, dass ich vorsichtig sein muss, wenn ich mir meinen Geburtstag zurückholen will. Ansonsten würden sie mich erwischen. Also immer nur ein bisschen Zeit.

»Wie wäre denn der ideale Rhythmus?«, frage ich.

»Das hängt davon ab, was du erreichen willst.«

»Was ich erreichen will, ist, dass ich im kommenden Jahr nach dem 5. Oktober einen ganzen Tag einfügen kann«, sage ich. »Genau zwischen dem 5. und dem 7.«

Also dort, wo der 6. Oktober gewesen ist, bevor er abgeschafft wurde. Mein Ziel ist es, meinen Geburtstag zu exakt der gleichen Zeit zurückzubekommen. Ich werde mich an dieser blöden Regierung rächen, die mir meinen Geburtstag einfach gestohlen hat!

Herr Vinicius streicht sich übers Kinn. Dann schaut er mich an.

»Bis zu diesem Tag sind es noch wie viele Tage?«

Angesichts der Tatsache, dass ich vor acht Tagen zum letzten Mal Geburtstag hatte, muss ich die Anzahl der Tage nur von den insgesamt 365 Tagen des Jahres abziehen:

»357 Tage.«

»Beeindruckend! Also gut: Du musst den Diebstahl der 1.440 Minuten, die du brauchst, auf diese 357 Tage aufteilen.« Herr Vinicius tippt die Zahlen in seinen Taschenrechner ein. »Was einen durchschnittlichen täglichen Diebstahl von 4,03 Minuten ergibt.«

1.440 Minuten / 357 Tage = 4,03 Minuten / Tag

»Das heißt«, übersetze ich, »wenn ich bis zum nächsten 5. Oktober jeden Tag 4,03 Minuten stehle, komme ich auf einen ganzen Tag …«

»… den du genau an dem Datum deines früheren Geburtstages einlösen kannst«, vollendet Herr Vinicius den Satz. »Genau so ist es.«

Ich lächle. Das hört sich eigentlich ziemlich einfach an.

»Lass dich nicht täuschen«, warnt mich Herr Vinicius, »das ist keine leichte Aufgabe.«

»Warum? Vier Minuten ist doch nicht viel … Warum sollte ich nicht in der Lage sein, vier Minuten am Tag zu stehlen?«

»Es ist so, dass du noch etwas wissen musst«, sagt Herr Vinicius da. »Etwas sehr Wichtiges.«

Nachdem ich bereits neue Hoffnung geschöpft habe, bekomme ich es nun mit der Angst zu tun. Angst vor der Enttäuschung. Wo ist der Haken?

»Und was soll das sein?«

»Die Maschine saugt nicht nur die Zeit auf, sondern auch das dazugehörende Klima, die Atmosphäre.«

Herrn Vinicius' Worte verwirren mich.

»Wie meinen Sie das?«

»Das heißt, dass du, wenn du einen glücklichen Geburtstag erleben willst, am besten gute Zeiten, glückliche Minuten stiehlst. Denn ansonsten sammelst du schlechte Momente, üble Zeiten voller Leid, die an dem Tag, den du ansammeln willst, für schlechte Stimmung sorgen.

Du musst jeden Moment, den du der Zeit entnimmst, sehr gut auswählen, mein

Junge. Denn sonst wird deine Belohnung zur Strafe.«

Ich nicke einigermaßen beruhigt. Diese Gefahr lässt sich sicher leicht vermeiden. Schließlich gibt es an jedem Tag viele gute Momente.

Zumindest für die anderen, die noch ihren Geburtstag haben.

»Ich werde darauf achten, Herr Vinicius.«

Der Angestellte sieht mich noch ein letztes Mal nachdrücklich an. Ich kann regelrecht spüren, wie sein Blick mich durchdringt. Seine schwarzen Augen blitzen.

Langsam schiebt er den Zeitsauger über den Verkaufstresen zu mir herüber.

»Und vergiss nicht, dass die Batterie hin und wieder aufgeladen werden muss.«

Meine Aufregung wird immer größer, je weiter das magische Gerät in seiner Schutzhülle in meine Nähe rückt. Ich muss mich extrem zusammenreißen, nicht die Arme auszustrecken, es an mich zu reißen und damit aus dem Laden zu rennen.

Niemand würde ahnen, welches Wunder sich unter der Hülle verbirgt! Ich stelle mir vor, wie mächtig ich mit dem Sauger in der Hand sein werde. War dies wirklich kein Traum?

Von heute an kann ich die Zeit einfangen.

Mit so was kann kein Superheld konkurrieren.

Mein Leben hat wieder einen Sinn. Ich kann wieder älter werden, neue Lebensjahre vollenden.

»Dann bist du jetzt ja bestens vorbereitet, Zehnjähriger«, sagt Herr Vinicius mit seiner tiefen Stimme. »Hier hast du das Instrument für deine Rache. Pass gut darauf auf, denn es ist das einzige, das es auf der Welt gibt. In einem Jahr musst du mir das Gerät in perfektem Zustand zurückgeben, damit es wieder dort hinkommt, wo es hingehört. An den Ort, den es niemals verlassen hat ...« Er zwinkert mir zu. »Offiziell.«

Dann hält er mir die Hand hin, die ich schüttle wie ein Erwachsener. Der Pakt ist besiegelt.

»Übrigens ...«, fügt er noch hinzu, »... beachte, dass jeder Zeitdiebstahl bei den Opfern eine gewisse ... momentane Verwirrung auslöst. Du hast es ja selbst gemerkt. Also wundere dich nicht, wenn du dich, nachdem du die Minuten abgezweigt hast, eigenartigen Verhaltensweisen gegenübersiehst.«

»Ich werde daran denken, Herr Vinicius.«

»Die Opfer eines Zeitdiebstahls verlieren für ein paar Sekunden die Kontrolle über sich, sodass sie alles Mögliche tun können, ohne sich dessen bewusst zu sein. Du hast ja gesehen, dass es nichts Gefährliches ist.«

Von draußen ist ein Donnern zu hören. Ein Gewitter zieht herauf, doch das ist mir egal. In meinem Stolz, dass Herr Vinicius mir vertraut, kann mich nichts erschüttern.

Er hat keine Angst, mir den kostbaren Sauger zu überlassen. Und ich werde alles daransetzen, mich dieses Vertrauens würdig zu erweisen.

»Aber ich habe kein Geld«, stammele ich dann. Denn wenn er nun Geld von mir fordert …

»Die Möglichkeit, dir deinen Geburtstag zurückzugeben, scheint mir eine ausreichende Vergütung zu sein«, meint er. »Das ist ein guter Preis. Es war mutig, dass du zu mir gekommen bist, Junge. Ich setze auf dich. Nun ist es an dir, zu beweisen, dass du der Herausforderung gewachsen bist. Ich hoffe, dass du mich nicht enttäuschen wirst.«

Ich halte den Atem an.

»Ich verspreche Ihnen, dass ich mein Wort halten werde. In einem Jahr feiere ich meinen Geburtstag und werde Ihnen die Maschine gleich zurückgeben. Sie werden es nicht bereuen«, sage ich dann feierlich.

Vorsichtig stecke ich das eingepackte Gerät in meinen Rucksack. Es ist nicht schwer. Den verbotenen Kalender packe ich ebenfalls ein.

Nun habe ich zwei Schätze bei mir.

Bereits in der Tür, überkommt mich ein letzter Zweifel, und ich wende mich noch einmal zu Vinicius um:

»Herr Vinicius, vergeht die Zeit deswegen so schnell, wenn man etwas genießt und es schön ist?«

»Bitte?«

Er trommelt mit den Fingern auf den Verkaufstresen.

»Wenn uns etwas Spaß macht, dann scheint die Zeit schneller zu vergehen«, erkläre ich. »Das liegt daran, dass uns jemand die Minuten stiehlt, stimmt's?«

Der Angestellte in dem Laden der Verbotenen Dinge antwortet nicht. Doch sein feines Lächeln spricht Bände.

Es gibt ein Wort, das unsere Art der stummen Unterhaltung perfekt bezeichnet: »Komplizenschaft.«

Durch ein Geheimnis verbunden.

Kaum bin ich draußen, renne ich nach Hause. Nach der Hälfte des Weges entlädt sich das Gewitter, und es fängt heftig an zu regnen. Meine Kleidung, meine Haare und mein Gesicht sind klatschnass.

Doch das Wasser kann meinen Enthusiasmus nicht wegschwemmen.

Denn ein Junge ohne Geburtstag fürchtet den Regen nicht.

AUF DER JAGD NACH GLÜCKLICHEN MOMENTEN

Nun ist mein Leben keine »Tragödie« mehr.

Ich weine nicht mehr und bitte zu Hause nicht mehr um Aufmerksamkeit. Denn ich habe keine Zeit, so sehr bin ich damit beschäftigt, den täglichen Minutenraub zu planen.

Wenn ich die 1.440 Minuten, die ich bis zu dem vorgegebenen Datum ansammeln muss, zusammenkriegen will, muss ich so schnell wie möglich anfangen.

Und das setzt eine »Strategie« voraus.

Mama und Papa sind überrascht über mein verändertes Verhalten. Aber wirklich erleichtert sind sie nicht. Wahrscheinlich ahnen sie, dass ich etwas im Schilde führe.

Und sie irren sich nicht.

»Dürfte ich fragen, was es mit diesem Regen auf sich hatte?«, erkundigt sich Papa.

Offensichtlich bringen sie mein verändertes Wesen mit dem Gewitter des Vortages in Verbindung. Denn als ich nach Hause gekommen bin, war ich patschnass … und ganz anders.

Ich lächle nur, während ich den Blick auf meinen Rucksack richte, von dem ich mich nicht einen Moment mehr getrennt habe. Schließlich trage ich die Verantwortung für den Sauger.

Mama bringt mich zur Schule, während ich wie ein Geheimagent aufmerksam die Umgebung beobachte.

Zum ersten Mal achte ich darauf, was um mich herum geschieht. Ich nehme bewusst die Autos, die Leute, denen wir begegnen, die Schaufenster und die Fenster der Häuser wahr. Nie hätte ich gedacht, dass man in meiner Stadt an so vielen Dingen vorbeikommt.

Ich bin auf der Jagd nach glücklichen Momenten.

Nun, da ich die Freude der Leute brauche, um meinen Geburtstag zurückzubekommen, muss ich äußerst aufmerksam sein.

Meine Mission scheint mir durchaus gerecht. Schließlich hat man mir, ohne mich zu fragen, ein Stück von meinem Glück genommen, während die anderen noch vollständig über ihr Glück verfügen. Und das gibt mir das Anrecht auf ein wenig von der Freude, die sie erleben, oder nicht? Also werde ich mir diese kostbaren Momente nehmen.

Ohne um Erlaubnis zu bitten.

Ich frage mich, ob man den Lauf der Zeit hören kann. Macht die vergehende Zeit ein Geräusch?

Schließlich kommen wir an der Schule an. Ich gebe meiner Mutter einen Kuss und mache mich auf den Weg in meine Klasse. Da kommt Laura auf mich zu. Sie geht in eine andere Klasse.

»Hallo, Edu!«

Ich tue so, als hätte ich sie nicht gesehen, und gehe, meine verbotene Maschine im Gepäck, einfach weiter. Ich muss so unauffällig wie möglich bleiben. Denn was würde passieren, wenn einer der Erwachsenen herausfindet, was in meinem Rucksack steckt? Ich riskiere viel …

»Edu!« Laura ist mir gefolgt und hält mich zurück. »Warte doch mal!«

Sie steht vor mir und sieht mich mit ihren großen grünen Augen an. Ich wende den Blick ab.

Laura geht in eine andere Klasse. Sie ist etwas größer als ich – was für eine Überraschung! –, sie hat helle Haut und wunderschönes weiches kastanienfarbenes Haar, das ihr bis auf die Schultern fällt.

Ich bin immer der Meinung gewesen, dass von ihr ein besonderes Leuchten ausgeht.

Ich antworte nicht.

Laura ist meine beste Freundin. Wie gut wir uns immer verstanden haben! Bis vor Kurzem waren wir unzertrennlich, zu jeder Zeit zusammen. Sie wohnt in einem sehr großen Haus, und wenn ich sie besucht habe, haben wir Verstecken gespielt und den Erwachsenen nachspioniert. Wir haben ein geheimes Versteck, wo wir immer unsere Geheimnisse ausgetauscht haben. Wie sehr ich ihre Gesellschaft vermisse!

»Was ist eigentlich los mit dir?«, wiederholt sie nun und stellt sich mir in den Weg.

Mühsam unterdrücke ich den Wunsch, ihr von dem Sauger zu erzählen, ihr auch dieses Geheimnis anzuvertrauen. Sie zu umarmen wie sonst. Das Problem ist, dass Laura die Nichte eines der hohen Beamten ist, die die Abschaffung des 6. Oktobers angeordnet haben. Und das werde ich ihr nie verzeihen. Das kann ich einfach nicht. Wegen ihrer Familie habe ich keinen Geburtstag mehr (sie hat mir gesagt, dass es ihr leidtut, aber das ändert ja nichts für mich).

Für mich existiert Laura nicht mehr. Genau wie der 6. Oktober. Den ich mir wiederbeschaffen werde. Sie dagegen wird weiterhin Luft für mich sein. Ich fühle mich von ihr verraten.

»Lass mich in Ruhe, okay?!«, sage ich unfreundlich, während ich an ihr vorbeigehe. »Ich will nicht mit dir reden. Nie mehr, kapiert?«

Laura hat nichts mehr gesagt, nachdem sie meine Worte gehört hat; sie versucht auch nicht, mich einzuholen. Wahrscheinlich versteht sie nicht, warum ich das gesagt habe. Pech für sie! Ich lasse sie einfach stehen. Ich mache mir auch nicht die Mühe, mich noch mal zu ihr umzudrehen. Sie interessiert mich einfach nicht mehr.

Jetzt schon gar nicht mehr. Jetzt brauche ich niemanden mehr.

Ich erreiche das Klassenzimmer. Meine Klassenkameraden sehen zu mir herüber und beginnen zu tuscheln. Für sie bin ich noch immer der Junge ohne Geburtstag, ein Schatten, der durch die Gänge schleicht. Wenn die wüssten, dass ich bald wieder einen Geburtstag haben werde, und zwar einen viel besseren als sie alle zusammen!

Ich freue mich schon im Voraus auf meinen Triumph. Wie ein Verschwörer genieße ich mein Geheimnis.

Mein nächster Geburtstag wird nämlich perfekt sein, unglaublich, einfach wunderbar! Vierundzwanzig Stunden pures Glück! 1.440 Minuten konzentrierte Freude!

Geschenke, Glückwünsche, Musik, Kuchen und Süßigkeiten, jede Menge Besuch, Party ... Und die Freude würde die ganze Zeit über nicht nachlassen, wenn ich die Zeit, die ich stahl, gut auswählte.

Niemand würde mit meinem nächsten Geburtstag mithalten können.

Es würde der tollste Geburtstag in der Geschichte sein. Und alle würden zu meiner Party eingeladen werden wollen.

Aber Laura würde ich nicht einladen.

Der Lehrer kommt, und wir setzen uns auf unsere Plätze.

Ich verstaue meinen Rucksack ganz vorsichtig unter dem Tisch, damit niemand aus Versehen dagegen tritt.

Meine »überflüssige« Klassenkameradin, die sehr fleißig ist, hat ihr Buch schon aufgeschlagen.

»Guten Morgen, Kinder«, beginnt der Lehrer von seinem Pult aus. »Als Erstes werde ich ein Informationsblatt austeilen, das ihr bitte euren Eltern gebt. Denkt bitte dran. An diesem Freitag fällt der Unterricht aus.«

Kaum dass der Lehrer es ausgesprochen hat, bricht die ganze Klasse in Jubel aus. Ein verlängertes Wochenende liegt vor uns!

Ich will gerade ebenfalls losjubeln, als mir plötzlich klar wird, dass ich diese Minuten des Glücks unbedingt brauche. Das ist genau die richtige Stimmung für meinen nächsten Geburtstag!

Der perfekte Moment, um den Sauger einzuweihen.

Ich beuge mich vor. Während der Lehrer für Ordnung sorgt, öffne ich meinen Rucksack. Eilig drücke ich auf den *Power*-Knopf, und als das grüne Licht aufleuchtet, drücke ich auf den runden Knopf. Es ist noch immer ziemlich laut im Raum, sodass niemand das leise Brummen der Maschine bemerkt, während sie die Minuten aufsaugt. Auf der Anzeige sind die ansteigenden Zahlen zu lesen, und bei *05* drücke ich wieder auf den Knopf, um den Saugvorgang zu beenden.

Ich sehe auf die Uhr an der Wand, und tatsächlich haben wir fünf Minuten Zeit übersprungen.

Der Lehrer blinzelt ein paarmal und teilt dann das Informationsblatt für die Eltern aus. Auch meine Klassenkameraden wirken leicht verwirrt. Sie spüren, dass etwas geschehen ist, wissen jedoch nicht was. Plötzlich steht meine überflüssige Klassenkameradin auf und beginnt die Arme zu bewegen, als wären es Flügel. Dazu kreischt sie wie eine Möwe.

Wir sehen sie alle überrascht an.

Sie macht sich lächerlich, und ich könnte mich totlachen. Hat Herr Vinicius das gemeint, als er mich gewarnt hat, dass der Zeitdiebstahl seltsame Reaktionen hervorrufen könnte? Na ja, ich bin jedenfalls entzückt, als die Superstreberin Sandra auf diese Art zum ersten Mal vom Lehrer gerügt wird. Das werde ich in den nächsten zehn Jahren nicht vergessen!

Auf einmal steht auch Lorenzo auf, der drei Plätze weiter hinten sitzt, und tut es ihr nach. Nur dass er noch lauter kreischt.

Daraufhin beteiligen sich auch alle anderen an dem Gekreisch und bewegen die Arme auf und ab. Nur ich halte mich mühsam zurück. Die ganze Klasse hat sich in einen Schwarm menschlicher Möwen verwandelt.

Was für ein Chaos! Der Lehrer sieht von seinem Platz aus mit offenem Mund zu. Er ist so verblüfft, dass er nicht gleich reagieren kann.

Kurz darauf ist das Ganze genauso plötzlich vorbei, wie es begonnen hat, und es kehrt wieder Ruhe ein. Niemand versteht, was geschehen ist, und der Lehrer nutzt den Moment, um kommentarlos das Informationsblatt zu verteilen. Anscheinend zieht er es vor, so zu tun, also ob nichts geschehen wäre, und ich schließe mich ihm an.

Mission erfüllt.

Mein erster Zeitraub ist erfolgreich und professionell verlaufen.

Und schon bin ich der Rückeroberung meines Geburtstages ein paar Minuten näher gekommen.

Keiner meiner Klassenkameraden kann sich das glückliche Lächeln erklären, das ich den ganzen Morgen über auf den Lippen habe.

Tag 1 schreibe ich am Abend in das Heft, in dem ich meine Diebstähle festhalten will: *5 Minuten.*

Nun besitze ich fünf Minuten reinen Glücks.

Ich frage mich, wie viel das wohl wert ist.

VOLLE WINDELN UND ANDERE RISIKEN

Tag 2. Ich liege bei geschlossener Zimmertür im Bett und halte den Sauger in den Händen wie einen Schatz. In dem Glasbehälter glitzert eine Schicht Sand, die mir noch ziemlich spärlich erscheint. Da die Sandmenge anzeigt, wie viele Minuten ich bereits eingesammelt habe, wünsche ich mir die Schicht viel dicker.

Ich stelle mir vor, dass das Glitzern ein Zwinkern der Zeit in dem Behälter ist.

Die eingefangenen fünf Minuten wollen, dass ich sie verbrauche. Sie wollen ihrem Gefängnis entfliehen und mit den anderen Minuten an diesem Morgen verschmelzen.

Ob die Zeit leidet, wenn sie eingesperrt ist? Vielleicht braucht sie ihre Freiheit.

Daran habe ich noch gar nicht gedacht. Zeit ist dafür da, gelebt zu werden, nehme ich an.

Die Minuten des Glücks, die ich eingefangen habe, sind dafür geschaffen, gelebt zu werden, und nun sind sie ruhiggestellt. In diesem Moment sind sie weder Vergangenheit noch Gegenwart noch Zukunft.

Der Behälter an dem Sauger ist eine Art »Limbus« für die gefangenen Minuten.

Meine Oma spricht oft vom »Limbus«. Dorthin kommen die Kinder, die sterben, ohne getauft worden zu sein.

»Ich verspreche dir, dass ich dich gut nutzen werde«, sage ich zu dem durchsichtigen Behälter. »Ich bitte dich nur um ein wenig Geduld, liebe Zeit. Ich werde jede einzelne Minute nutzen. Das verspreche ich.«

Es ist wohl ziemlich verrückt, die Zeit um Geduld zu bitten.

Ich schüttle den Sauger, sodass die Sandkörner in der Luft tanzen. Sie sind mein Schatz. Es ist ein tolles Gefühl zu wissen, dass sie mir gehören. Fünf Minuten, die ich am Tag zuvor meiner Klasse gestohlen habe.

Doch heute ist ein neuer Tag. Ein neuer Tag, an dem ich erneut eine Dosis glücklicher Momente einfangen muss.

Auch heute muss ich Minuten stehlen. Ich darf nicht nachlassen, denn es steht viel auf dem Spiel!

Mama klopft an die Tür. Eilig verstecke ich den Sauger unter dem Bett. Dann zaubere ich ein unschuldiges Kinderlächeln auf mein Gesicht, und schon öffnet sie die Tür und streckt den Kopf herein.

»Bist du fertig?«, fragt sie. »Wir müssen los.«

Das Einzige, wozu ich Lust habe, ist, weiterhin den Sauger zu bestaunen. Das Lächeln verschwindet.

»Aber ich möchte lieber zu Hause bleiben ...«

»Geht es dir nicht gut?«

Mein Wunsch muss sie überrascht haben, denn ansonsten bleibe ich niemals freiwillig zu Hause.

»Ja, Mama. Ich würde lieber hier spielen oder lesen ...«

Ich zeige auf die PlayStation und die Abenteuerromane in meinem Regal.

»Wir werden schon bald wieder zurück sein«, versucht sie mir den Ausflug schmackhaft zu machen. »Eine Freundin von mir hat ein Baby bekommen, und ich möchte sie im Krankenhaus besuchen. Komm!«

Ich strahle. Eine Geburt! Da gibt es sicher glückliche Momente, die ich stehlen kann.

Ich warte, dass Mama das Zimmer verlässt, dann hole ich den Sauger unter dem Bett hervor und packe ihn in meinen Rucksack.

Und im Auto auf dem Rücksitz fühle ich mich wie ein Soldat, der die feindliche Linie überschreitet.

Ich bin auf dem Weg zu meiner nächsten Mission.

Ich bin bereit.

Es wird nicht leicht sein. Denn Krankenhäuser sind eine heikle Sache. Das Glück versucht sich von dort wegzuschleichen, und man muss gut aufpassen, um es zu erwischen. Denn es ist durchaus vorhanden.

Wenn man davon ausgeht, dass an einem Ort, an dem es nach Desinfektionsmitteln riecht, sowieso nur Krankheiten zu finden sind, dann wird man keine Freude entdecken.

Wenn man sich jedoch sagt, dass ein Krankenhaus ja auch ein Ort ist, an dem Menschen gesund werden, dann stößt man plötzlich auch auf glückliche Momente. So spürt man das Glück auf. Man muss nur auf alles hören und sich gut umsehen.

Ein Lachen in einem Krankenhaus zum Beispiel ist viel mehr wert als ein Lachen im Zirkus. Es ist, als gäbe es mehr Punkte dafür, weil es schwieriger zu finden ist.

Und wenn es einen Ort im Krankenhaus gibt, wo das Glück besonders hell strahlt, dann ist das die Entbindungsstation, dort, wo die Mütter mit ihren Babys sind.

Das Zimmer von Mamas Freundin ist schnell gefunden. Wir klopfen an und treten ein. Sie liegt im Bett. Wir übergeben ihr eine Schachtel Pralinen und einen Blumenstrauß, den Papa in einem Blumenladen neben der Cafeteria gekauft hat.

Alle umarmen und küssen sich. Sie wirken durchaus glücklich, aber ich kann den Sauger nicht herausnehmen, ohne dass es auffällt. Deshalb hält sich meine Freude in Grenzen.

Verdammt, wie ärgerlich! Was für eine Verschwendung an glücklichen Momenten!

»Edu!«, sagt Mama da plötzlich. »Möchtest du Isabel denn nicht gratulieren?«

Ich muss gute Miene zum bösen Spiel machen, um nicht aufzufliegen. Mit dem Rucksack auf dem Rücken gehe ich zum Bett hinüber, stelle mich auf die Zehenspitzen und gebe der jungen Mutter einen Kuss auf die Wange. Der frischgebackene Vater ist gerade nicht da.

Ein älterer Herr, der ebenfalls auf Besuch ist, sagt uns, dass der Säugling gerade auf der Babystation sei. Wir alle außer der jungen Mutter verlassen den Raum und gehen zur Babystation, die ein großer Raum hinter einer Glasscheibe ist, in dem viele kleine Bettchen mit schlafenden Babys stehen. Sie sind wirklich winzig klein. Eines weint gerade, aber das beunruhigt mich nicht weiter. Denn auf unserer Seite der Scheibe lächeln alle. Hier herrscht pures Glück.

Mama und Papa sind an die Scheibe herangetreten, und nun wird ihnen gezeigt, welches Baby das ihrer Freundin ist.

Ich trete zur Seite, um meinen Rucksack zu öffnen. Nachdem ich ihn auf den Boden gestellt habe, richte ich, ohne die Maschine herauszuholen, den Sauger auf die Leute und drücke auf den *Power*-Knopf. Sobald das grüne Licht aufleuchtet, drücke ich auf den runden Knopf, und das typische Brummen des Saugvorgangs setzt ein. Alle sind dermaßen von den Babys fasziniert, dass mich niemand beachtet.

Ich bin sehr nervös und sehe immer wieder zu meinen Eltern hinüber, während ich die Anzeige des Saugers im Auge behalte. Was, wenn sie mich jetzt erwischen?

Wie soll ich erklären, was ich hier gerade tue?

Plötzlich kommt mir noch etwas in den Sinn: Und wenn genau in dem Moment, in dem ich die Zeit stehle, die Babys in die Windeln machen?

Würde das dem Klima auf meinem Geburtstag schaden?

Würden die Gäste dann, wenn ich diese Zeit später nutze, auf meiner Party in die Hose machen? Das wäre ja furchtbar! Wenn es anstatt nach Kuchen nach Kacke riechen würde!

Doch nun lässt die Zeit sich nicht mehr zurückdrehen.

Die Digitalanzeige der Maschine ist bei *05* gestartet, und als sie bei *08* angelangt ist, höre ich plötzlich eine sehr tiefe Stimme hinter mir.

»Was machst du da?«

Ich erstarre und wage nicht, mich umzudrehen. Es ist eine mir unbekannte männliche Stimme, die Stimme von jemandem, der mich beim Zeitdiebstahl erwischt hat.

Das ist das Ende. Das Abenteuer ist vorbei … Was werden meine Eltern sagen?

»Hast du mich gehört?«

Wieder bin ich gemeint. Meine Hände stecken noch immer wie gelähmt im Rucksack. Ich beginne zu schwitzen. Langsam drehe ich mich um, um mich dem Blick eines sehr großen in Grün gekleideten Mannes zu stellen.

»N… nichts«, entgegne ich stotternd. »Ich m… mache gar nichts.«

Dem Mann ist anzusehen, dass er mir nicht glaubt. Er zeigt mit dem Finger auf mich. Sein Kittel ist grün, und ich werde immer weißer.

»Du bist sicher mit einem von diesen Videospielen beschäftigt. Was für eine Schande! Weißt du eigentlich, was du verpasst?« Nun weist er mit dem Finger auf die Glasscheibe, hinter der die Babys zu sehen sind. »Diese Jugend … Immer mit diesen schrecklichen kleinen Geräten beschäftigt!«

Er wartet nicht auf meine Antwort, sondern geht ärgerlich brummend davon. Uff. Das war knapp. Äußerst knapp! Allmählich beruhigt sich mein Herz wieder.

Ich muss mich beeilen. So viel Glück würde ich so schnell nicht wieder haben. Ich beuge mich über meinen Rucksack und aktivierte die Maschine erneut.

Als die Anzeige bei *12* steht, stelle ich den Sauger ab.

Ich habe sieben Minuten Lächeln und Glückwünsche gestohlen (und hoffentlich keine vollen Windeln). Ein Blick auf meine Uhr bestätigt mir den Zeitsprung.

Nachdem ich meinen Rucksack zugemacht habe, gehe ich zu meinen Eltern hinüber, doch plötzlich rennen alle in halsbrecherischem Tempo zum anderen Ende der Station. Einfach so, als wäre der Teufel hinter ihnen her. Ich bleibe allein zurück und sehe den Flüchtenden nach. Unglaublich! Meine Eltern und ihre Freunde scheinen die Babys völlig vergessen zu haben und liefern sich, an Ärzten, Pflegern, Krankenschwestern und Patienten vorbei, ein Wettrennen in Höchstgeschwindigkeit.

Alle Besucher auf dem Flur weichen ihnen aus. Papa stößt ein leeres Bett um, Mama fällt, an eine Frau geklammert, zu Boden, die dabei einen Schuh verliert, und ein Mann im Rollstuhl saust unaufhaltbar zum anderen Ende des Flurs.

Tatsächlich ist es ein Riesenspektakel … das ich mit meinem Zeitdiebstahl verursacht habe.

Zum Glück lässt die Wirkung nach, bevor größerer Schaden entsteht, und es kehrt wieder Ruhe ein. Mama und Papa kommen leicht verwirrt mit langsamen Schritten zu mir herüber. Alle starren sie an. Sicher schämen sie sich in Grund und Boden.

Ich schweige. Die Minuten, die ich in meinem Rucksack versteckt halte, sind ihre, doch sie haben sie nicht genießen können.

Und jetzt gehören sie mir!

Tag 2 schreibe ich in mein Heft: *7 Minuten.*

Jetzt besitze ich insgesamt schon zwölf Minuten Glück, die mir zur Verfügung stehen.

WIE ICH ZUM VERRÄTER WURDE

Tag 7.

Nun ist es schon eine Woche her, dass ich im Laden der Verbotenen Dinge war.

Schon zwei Mal musste ich die Batterie des Saugers aufladen.

Wie sehr ich mir wünsche, mich mit Laura vertragen und ihr von meinem Abenteuer erzählen zu können! Sie wäre begeistert. Aber ich darf ihr nichts erzählen. Außerdem hat sie es nicht verdient. Noch immer ist sie Luft für mich.

In der Pause gehen alle meine Klassenkameraden auf den Schulhof, um Ball oder Fangen zu spielen oder ihr Brot zu essen. Ein paar Lehrer haben Aufsicht.

Ich bin nicht auf dem Hof.

Ich bin in der Jungentoilette. Mit meinem Rucksack. Dort habe ich mich in einer der

Kabinen eingeschlossen, denn ich brauche einen Moment für mich.

Ich kontrolliere den Sauger. Die glänzende Sandschicht in dem Behälter wird allmählich dicker.

Bei sechs Zeitdiebstählen habe ich insgesamt bereits 34 Minuten gesammelt.

34 Minuten reinen Glücks, die mir zur Verfügung stehen, wann immer ich es will. Was für ein Wunder!

Ich habe nun schon mehr als eine halbe Stunde gestohlen. Das ist schon eine ganze Menge Zeit.

In einer halben Stunde können jede Menge Dinge passieren.

Das verleiht mir ein Gefühl der Macht.

In den vergangenen Tagen habe ich in der Schule, im Krankenhaus, auf der Straße und während eines Ausflugs Zeit gestohlen …

In jedem Fall ist das Ganze nicht so leicht, wie ich gedacht habe.

Herr Vinicius hatte recht. Aber ich würde es schaffen.

Bisher habe ich noch an keinem Tag versagt. Und niemand hat mich entdeckt.

Der Rucksack ist ein Teil von mir geworden. Nur nachts, wenn ich schlafe, trenne ich mich von ihm.

Diese 34 Minuten gehören mir, und dies ist der 7. Tag. Ich muss weitermachen.

Der Gong ertönt. Zeit, in den Klassenraum zurückzukehren.

Unauffällig verlasse ich die Toilette und mische mich unter die Schar der Kinder, die vom Hof kommen und in ihre Klassenräume gehen.

Unter all den Kindern falle ich nicht auf, und so fühle ich mich sicher.

Ich wirke wie einer von ihnen, was ich jedoch nicht bin. Denn ich habe keinen Geburtstag mehr.

Derzeit.

Mein Blick fällt auf Laura, die mich auf der Treppe eingeholt hat.

»Wo warst du denn in der Pause?«, fragt sie mich mit unschuldiger Miene. »Ich habe dich gesucht.«

»Das geht dich nichts an. Lass mich einfach in Ruhe, ja?!«

Sie sieht mich erstaunt an.

»Seit ein paar Tagen benimmst du dich sehr seltsam, Edu. Was ist eigentlich los mit dir? Ich habe dir doch nichts getan!«

Ich habe keine Lust, sie an die schlimme Tat ihres Onkels zu erinnern. Schon jetzt fällt es mir schwer genug, keinen Spaß mehr mit ihr zu haben, wie zu der Zeit, als wir jeden Tag zusammen gewesen sind. Nur sie ist in der Lage, mich zu verstehen, mich an den Tagen, die einem gleich nach dem Aufstehen düster und schwer erscheinen, aufzumuntern.

Nun, ohne meinen Geburtstag, wird sicher jeder Tag ein schwarzer Tag für mich sein. Und dagegen könnte auch Laura nichts machen.

Jedes Mal, wenn Laura auf mich zukommt, fühle ich mich noch ein bisschen leerer, weil ihre Gegenwart mich daran erinnert, dass es sie für mich nicht mehr gibt. Denn wenn man eine endlose Zeit ohne seine beste Freundin verbringen muss, wird sie noch länger. Länger als unendlich.

Die Stunden, in denen man keine Freunde hat, haben mehr als sechzig Minuten. Und dazu kommt, dass es unnütze Minuten sind.

Und noch immer steht Laura neben mir und wartet auf eine Antwort, eine Reaktion.

Im Grunde weiß ich, dass ich nicht mehr auf sie sauer sein will. Ich zögere. Beinahe hätte ich die Hand ausgestreckt und ihr übers Haar gestrichen, so wie sie es gerne bei mir tat. Oder sie wie früher an ihren empfindlichen Stellen gekitzelt, die ich so gut kenne.

Tatsächlich haben wir oft miteinander gelacht. Und wenn man oft lacht, gibt es nichts, was einem Angst macht.

Nein. Ich will sie nicht verlieren! Wenn ich nur nicht so wütend wäre, über das, was ihr Onkel mir angetan hat. Sicher hätte Laura es verhindern können, wenn sie ihn gebeten hätte. Oder vielleicht auch nicht. Ehrlich gesagt, weiß ich es nicht, und nun muss ich mich mit der Erinnerung an das, was wir zusammen unternommen haben, zufriedengeben. So was Blödes! Dabei mag ich es so, wenn sie mich, während ich ihr von meinen Problemen erzähle, so eindringlich ansieht! Dann bildet sich immer eine lustige kleine Falte auf ihrer Stirn. Und ihr Lächeln! Immer hat sie Zeit für mich und lässt sofort alles stehen und liegen, wenn ich traurig bin und Trost brauche. Oder sie bringt mich mit albernen Witzen zum Lachen, wenn ich schlechte Laune habe.

Laura hat die geheimnisvolle Gabe, einem das Gefühl zu geben, dass plötzlich alles nicht mehr so schlimm ist.

Und nun wartet sie, und ich bin nicht in der Lage, ihr etwas zu sagen. Ich will sie gleichzeitig umarmen und sie beschimpfen. Ich bin wütend, traurig und durcheinander. Und schließlich ergreife ich die Flucht, lasse sie stehen und renne ins Klassenzimmer. Dabei sehe ich noch, dass sie sich über die Augen wischt, während sie in ihre Klasse geht. Sie ist kurz davor, in Tränen auszubrechen. Genau wie ich.

Natürlich vermisse ich Laura. Aber ich darf nicht nachgeben. Dazu ist die Lage zu ernst. Und *sie* hat ja noch ihren Geburtstag.

Ich gehe zwischen den Stuhlreihen hindurch. Mama hat recht. Meine Klassenkameraden verhalten sich mir gegenüber fast wieder normal. Inzwischen ist es keine Neuigkeit mehr, einen Jungen ohne Geburtstag in der Klasse zu haben. Zumindest für die meisten, denn ein paar behandeln mich immer noch mit der Überheblichkeit derer, die etwas haben, was ich nicht mehr habe.

Und diese Kinder hasse ich.

Ich setze mich auf meinen Platz neben meine überflüssige Klassenkameradin, die wie immer bereits startbereit auf den Lehrer wartet. Oh Mann! Irgendwann sollte ich mal ein paar meiner gestohlenen Minuten dafür verwenden, vor ihr im Klassenzimmer zu sein. Ich würde zu gern ihr Gesicht sehen!

Aber, nein, das würde ich nicht tun. Ich würde mit dieser Zeit etwas Besseres anfangen.

Der Lehrer kommt und schließt die Tür.

Ich versuche, nicht mehr an Laura zu denken.

»Eurem Klassenkameraden Jaime ist das Federmäppchen abhandengekommen«, sagt er, anstatt uns zu begrüßen. »Wie es aussieht, muss das in der zweiten Stunde passiert sein. Weiß jemand, wo es sein könnte?«

Jaime hat also gepetzt. Keiner sagt etwas, wobei ich Martín in Verdacht habe. Martín ist ein großer rauflustiger Kerl, der ganz hinten sitzt und immer mal wieder solche Scherze treibt. Er ist ein richtiger Rowdy.

Und sogar so ein Idiot wie er darf seinen Geburtstag behalten.

»Einer von euch muss es haben …«, fährt der strenge Lehrer fort. »So ein Mäppchen verschwindet ja nicht von allein.«

»Die Tage verschwinden auch nicht einfach so aus dem Kalender«, murmele ich. »Jemand muss sie daraus entfernt haben.«

Es ist absolut still in der Klasse. Das Schweigen wiegt schwer. Wir alle haben den Blick gesenkt, außer Martín. Er provoziert gern.

»Wollt ihr mich dazu zwingen, eure Rucksäcke zu durchsuchen?« Der Lehrer sieht uns einen nach dem anderen an. »Der Spaß ist vorbei.«

Ich höre ihm nicht weiter zu.

Denn mir ist vor Schreck das Blut in den Adern gefroren.

Die Rucksäcke durchsuchen! Hat der Lehrer das ernst gemeint? Auf einmal schwebe ich in großer Gefahr.

In riesengroßer Gefahr!

Denn in meinem Rucksack befindet sich der Zeitsauger!

Ich schlucke. Vor Schreck bin ich leichenblass geworden – ein Zeichen dafür, dass ich mich schuldig fühle, ein furchtbares Geheimnis zu verstecken.

Es gibt keinen Ausweg!

Der Lehrer macht seine Drohung wahr. Er durchsucht bereits mit grimmiger Miene die Rucksäcke der vorn sitzenden Klassenkameraden. Einen nach dem anderen. Zuerst Saras Rucksack, dann Kevins und anschießend den von Carla.

Soll ich wirklich wegen so einer Dämlichkeit auffliegen?

Kommt man wegen eines Federmäppchens ins Gefängnis?

Wenn sie mich wegen Zeitdiebstahls erwischen, werde ich sicher eingesperrt und kann das Versprechen, das ich dem Angestellten des Ladens der Verbotenen Dinge gegeben habe, nicht einhalten. Dann werde ich nicht in einem Jahr zu ihm gehen können, um ihm die Maschine zurückzugeben. Und

Mama und Papa werden erfahren, dass ihr Sohn ein Zeitdieb ist.

Was für eine Schande! Und das auch noch vor allen meinen Klassenkameraden!

Ich höre schon die Worte meiner Oma, wenn sie es erfährt: »Was für eine Tragödie!«

Ich schwitze, mein Puls rast, und mein Mund ist ganz trocken.

Sie werden mich erwischen. Es lässt sich nicht mehr verhindern.

Was für eine Katastrophe!

Der Lehrer kommt immer näher, und alles, was ich mit meinem Rucksack anstellen würde, würde seine Aufmerksamkeit erregen. Außerdem bin ich vor Angst wie erstarrt. Meine überflüssige Tischnachbarin wartet darauf, dass sie an der Reihe ist. Sie scheint sich beinahe darauf zu freuen, ihre perfekte Tasche, in der sich nichts Verbotenes befindet, vorzeigen zu können.

Wie kann man nur so ein Pech haben, verdammt ...!

Ich drehe mich nach hinten um und beobachte Martín. Auch er ist spürbar nervös (erzwungene Komplizenschaft) und schielt immer mal wieder zu seinem Rucksack hinüber. Unauffällig schiebt er ihn mit dem Fuß unter den Tisch.

Er hat etwas vor. Das sehe ich sofort. Sein Verhalten beweist nicht nur, dass er der Täter ist, sondern auch, dass er die Beute noch im Rucksack hat.

Unterdessen ist mir der Lehrer schon gefährlich nah gekommen. Mir bleiben nur noch wenige Minuten, um irgendetwas zu improvisieren. Meine Zeit läuft ab. Was für eine Ironie, wenn man bedenkt, dass ich unter dem Tisch eine halbe Stunde unverbrauchte Zeit aufbewahre.

Nun ist der Lehrer bei Raúls Rucksack angekommen, dem Klassenkameraden, der vor mir sitzt.

Ich bin der Nächste.

Die Überflüssige sieht mit einem selbstgefälligen Lächeln zu mir herüber.

In diesem Moment springe ich auf und höre mich mit meiner Piepsstimme sagen:

»Martín hat es!« Ich zeige auf den Übeltäter am Ende der Stuhlreihe. »Ich habe gesehen, wie er es Jaime weggenommen hat!«

Ich lüge, in der Hoffnung, richtigzuliegen. So verzweifelt bin ich.

Alle sehen zuerst mich an, verwundert, dass ich einen Klassenkameraden verraten habe, und dann den Beschuldigten.

Martín wirft mir einen hasserfüllten Blick zu, der eine Betonwand durchdringen könnte. Ihm bleibt keine Zeit, irgendwie zu reagieren, da der Lehrer gleich zu ihm geht und ihm den Rucksack aus den Händen reißt.

Hoffentlich bestätigt sich mein Verdacht. Denn sonst bin ich erledigt. Ich halte den Atem an.

Plötzlich hält der Lehrer inne. Dann zieht er ein rotes Mäppchen aus Martíns Rucksack hervor, das Jaime sofort als das seine identifiziert. Ich bin so erleichtert, dass ich gar nicht mehr darauf achte, welche Strafe der Täter erhält.

Was mir, abgesehen davon, aber auch völlig egal ist.

Ich bin ein Verräter und werde dafür bezahlen. Ein selbstgefälliger Verräter und ein Junge ohne Geburtstag. Tiefer kann man im Ansehen seiner Mitschüler nicht sinken, aber es macht mir nichts aus. Jeder Preis, den ich bezahlen muss, scheint mir gering, wenn ich dafür mein Geheimnis behalten kann.

Das Spiel geht weiter. Und das ist das Wichtigste.

EIN SPIEL, DAS KEIN SPIEL IST

Die Jungen, die auf dem Platz in der Nähe von unserem Haus Fußball spielen, rechnen nicht mehr damit, dass ich mich ihnen anschließe.

In letzter Zeit hatte ich immer wieder abgelehnt mitzuspielen, und nun haben sie keine Lust mehr, mich zu fragen.

Die Ausrede mit dem wehen Fußknöchel zieht nicht mehr.

Das musste so kommen. Schließlich sehen sie mich immer allein mit meinem Rucksack und einem seltsamen Ausdruck im Gesicht herumgehen. Das ist der Preis meines Geheimnisses.

Wie sollten sie auch verstehen, dass ich nichts, was um mich herum geschieht, aus den Augen lassen kann, damit ich keine glücklichen Minuten verpasse.

Ich kann an nichts anderes mehr denken. Weder am Tag noch in der Nacht. Ich bin völlig auf meine »verdeckte« Mission konzentriert.

»Verdeckt« heißt in diesem Fall »geheim«, also etwas zu tun, von dem niemand weiß.

Deshalb spiele ich nicht mehr mit den anderen auf dem Platz.

Ich bin ein Minutendieb, ein Zeitjäger. Und ich kann mir nicht erlauben, Fußball zu spielen, während in meiner Nähe Momente des Glücks vergehen, die ich für die Wiedererlangung meines Geburtstags so dringend brauche.

Nach dem, was heute in der Schule passiert ist, muss ich unbedingt mit dem Angestellten im Laden für Verbotene Dinge reden. Deshalb stehe ich nun vor dem Schaufenster und versuche in das Geschäft zu schauen. Vielleicht bin ich der einzige Kunde, der diesen Ort jemals ein zweites Mal betreten hat.

»Wie schön, dich wiederzusehen, Zehnjähriger«, begrüßt mich Herr Vinicius. »Wie kommst du voran? Du siehst besorgt aus.«

»Bis jetzt lief alles prima«, entgegne ich. »Aber heute wäre ich beinahe erwischt worden, Herr Vinicius. Das war wirklich haarscharf.«

Ich erzähle ihm, was morgens in der Schule passiert ist (natürlich erzähle ich nichts von Laura). Er nickt.

»Zeit zu stehlen heißt, mit dem Feuer zu spielen«, meint er. »Ich hab dich ja gewarnt. Du trägst eine gefährliche Maschine mit dir herum.«

Er weist auf meinen Rucksack.

»Ich weiß, Herr Vinicius. Aber ich wüsste nicht, wie ich sonst jederzeit bereit sein könnte.«

»Ich verstehe.«

»Schließlich weiß man nicht im Voraus, wo man auf Minuten des Glücks stoßen wird.«

Der Sauger hat mich zu einem Vollzeitdieb gemacht.

»Damit hast du recht, Junge. Wenn dir das Risiko zu groß erscheint, ist es noch früh genug, den Pakt zu lösen. Es reicht, wenn du mir den Sauger zurückgibst, und das war's.

So könntest du wieder ein normales Leben führen.«

Ein normales Leben. Kann das Leben eines Jungen, der keinen Geburtstag mehr hat und für immer und ewig zehn Jahre alt ist, normal sein? Eines Jungen, der dazu noch auf seine beste Freundin verzichtet hat. Hin- und hergerissen beiße ich mir auf die Lippe.

»Aber mein Geburtstag …«

Herr Vinicius zuckt mit den Schultern.

»Man kann im Leben nicht alles haben«, sagt er. »Manchmal muss man auf etwas verzichten, um etwas anderes haben zu können. Und vielleicht wäre es in diesem Fall das Beste. Schließlich ist niemand darauf vorbereitet, was geschieht, wenn man die Zeit manipuliert.«

»Noch nie musste ein Kind auf seinen Geburtstag verzichten, Herr Vinicius. Warum ich?«

»Wenn ich das für gerecht halten würde, hätte ich dir die Maschine nicht angeboten. Ich möchte nur, dass du ganz genau weißt, mit was für einem Spiel du es zu tun hast.«

Ich spiele ein Spiel, das kein Spiel ist.

»Das weiß ich«, sage ich mit fester Stimme. »Und ich will weitermachen. Ich verdiene einen Geburtstag wie jedes andere Kind, und ich werde ihn bekommen.«

Herr Vinicius nickt erneut.

»Dann los. Du trägst das Risiko. Der Pakt bleibt also bestehen.«

»Ja.«

Es gefällt mir, dass er mit mir umgeht wie mit einem Erwachsenen. So kann ich mir schon mal ein Bild davon machen, wie es ist, Geburtstag zu haben, wenn man achtzehn oder zwanzig Jahre alt wird. Es muss ein ganz besonderes Gefühl sein, wenn die Erwachsenen einem zuhören, einen ernst nehmen und einem volle Beachtung schenken.

Wenn man für sie existiert.

Und darauf will ich nicht verzichten.

Der Angestellte beugt sich über den Verkaufstresen.

»Passt du auch gut auf die Maschine auf? Vergiss nicht, dass du sie im perfekten Zustand zurückgeben musst.«

»Ja, Herr Vinicius. Sie ist noch genauso, wie ich sie bekommen habe.«

»Sehr gut.«

Mich überfällt eine plötzliche Sorge.

»Aber wenn die Sache nicht gut geht …«, beginne ich. »Wenn ich erwischt werde. Was passiert dann mit Ihnen?«

Herr Vinicius sieht mit gerunzelten Brauen auf mich herunter.

»Wie meinst du das, Junge?«

»Sie … Sie haben mir ja die verbotene Maschine gegeben, und … wenn ich entdeckt werde, werde ich sicher gefragt, woher ich sie habe. Sie werden sicher herausfinden, von wem ich sie bekommen habe! Denn Sie sind der Einzige in der Stadt, der so ein Gerät haben könnte.«

Herr Vinicius streicht sich über die Schnurrbartenden. Ich verstehe nicht, warum er lächelt. Denn mir scheint das ein sehr ernstes Thema zu sein.

»Keine Sorge, mein Junge. Wenn du erwischt wirst, werde ich ganz schnell davon erfahren, und wenn jemand nach mir sucht, wird er hier nur ein geschlossenes Geschäft und einen leeren Lagerraum im Keller vorfinden. Das wäre nicht das erste Mal, dass mir so etwas passiert; ich eröffne gern neue Filialen an allen möglichen Orten in der Welt.«

Er lacht schallend und beugt sich erneut zu mir vor.

»Zehnjähriger, das größte Risiko trägst du. Vergiss das nicht. Du musst sehr vorsichtig sein.

KUCHEN, KERZEN UND BAUCHSCHMERZEN

Ich habe das Heft auf der Seite aufgeschlagen, auf der ich meine Zeitdiebstähle notiert habe. »Du siehst aus wie ein Kredithai, der seine Konten überprüft«, meint Papa, als er mich mit dem halb verdeckten Heft auf dem Sofa hocken sieht.

»Was für eine Tragödie!«, ruft Oma von ihrem Sessel aus. »Ein Kredithai in der Familie.«

Sie hat ihr Gebiss im Mund, weshalb sie gut zu verstehen ist.

Ein Blick ins Wörterbuch erklärt mir den Begriff:

Mit unlauteren Mitteln und überhöhten Forderungen arbeitender Geldgeber.

Ich füge das neue Wort meiner Sammlung hinzu, obwohl ich mich nicht angesprochen fühle. Denn die Mittel, die ich einsetze, und das, was ich fordere, scheinen mir weder unlauter noch überhöht, sondern genau richtig. Schließlich will ich nur meinen Geburtstag zurückhaben, weil ich es wie jedes andere Kind verdiene, Geburtstag zu haben.

Papa hat keine Ahnung, worum es geht. Wenn er ahnen würde, was ich vor ihm verstecke …

Tag 8 schreibe ich in mein Heft. Und daneben lasse ich eine Lücke, die ich in ein paar Stunden hoffentlich mit einer neuen Zahl füllen kann.

Denn in der Zeile darüber, neben den Worten *Tag 7*, habe ich eine Null eintragen müssen, weil ich wegen der Durchsuchung durch den Lehrer einen ganzen Tag vergeudet habe. Ich habe kein bisschen Zeit gestohlen. Nicht eine Minute.

Aber wenigstens konnte ich mich retten.

Auch wenn ich dafür meinen Ruf ruiniert habe. Denn in der Schule gelte ich jetzt nicht mehr nur als »Unterkind«, sondern auch als Verräter. Ich will gar nicht daran denken, wie sie mich nächsten Montag in der Klasse empfangen werden. Auf jeden Fall sollte ich Martín in der nächsten Zeit lieber aus dem Weg gehen.

Der Vorteil an meiner Lage ist, dass mich das nicht weiter bedrückt, weil ich an Wichtigeres denken muss: meinen Pakt mit Herrn Vinicius.

In dem Sauger sind nach wie vor 34 Minuten Glück gespeichert. Und es muss noch viel mehr werden, wenn ich tatsächlich meinen Geburtstag zu dem üblichen Datum wiederherstellen will.

Deshalb muss ich heute einige Minuten zusätzlich stehlen, um das Versäumnis von gestern auszugleichen.

Zum Beispiel … Zehn Minuten?

Ich bin mir nicht sicher, ob zehn Minuten nicht eine zu große Menge sind, um sie auf einen Schlag zu stehlen. Das könnte gefährlich werden. Wobei ich am zweiten Tag im Krankenhaus sieben Minuten geraubt hatte, was niemandem aufgefallen ist.

Außerdem bietet sich mir heute die perfekte Gelegenheit: Es ist Samstag und Fran, einer meiner Klassenkameraden, feiert Geburtstag. Ich bin nicht eingeladen (was bis dahin immer der Fall gewesen ist). Was nicht daran liegt, dass ich Martín verraten habe. Nein. Der Grund ist, dass es, da ich selbst ja keinen Geburtstag mehr habe, sehr unangenehm ist, mich zum Geburtstag eines anderen einzuladen.

Das hat mir am Vortag die Überflüssige gesagt, die immer alles ganz genau weiß.

Wie es aussieht, fühlen sich die anderen Schüler in meiner Gegenwart unwohl.

An diesen »Kollateralschaden« habe ich gar nicht gedacht, als ich überlegt habe, welche Folgen mein nicht mehr existierender Geburtstag haben könnte. Ich bin zwar davon ausgegangen, dass ich meinen eigenen Geburtstag nicht mehr wirklich feiern kann, bin aber nicht darauf gekommen, dass andere mich deshalb nicht mehr einladen könnten.

Was für ein Mist! Meine Aussichten werden immer schlechter.

Die Vorstellung, dass auch Laura mich vielleicht nicht zu ihrem Geburtstag einladen wird, tut ganz besonders weh, wobei ich ja sowieso nicht hingehen würde. Bei ihren vergangenen Geburtstagsfeiern sind am Schluss jedes Mal nur noch wir beide übrig geblieben. Dann haben wir die Luftballons platzen lassen und das hässlichste Geschenk ausgewählt, das sie bekommen hat (das ihrer Oma). Das war immer so lustig! Wir haben uns jedes Mal totgelacht!

Ich muss es unbedingt schaffen, meinen nächsten Geburtstag wiederherzustellen. Um jeden Preis. Bevor ich zum Ausgestoßenen werde.

Deshalb werde ich »inkognito« zu Frans Geburtstag gehen, also unerkannt. Ich will ihm ein paar Minuten seiner Feier stehlen. Die Sache ist entschieden. Wenn ich schon nicht eingeladen bin, werde ich mir ein Stückchen von seinem Geburtstag nehmen, um den meinen wiederherzustellen. Das ist nur gerecht.

Nichts wird mich davon abhalten können.

Ich bin bereits angezogen. *Es ist so weit.*

Ich gehe in mein Zimmer und verstaue den Sauger in meinem Rucksack (über Nacht habe ich die Batterie aufgeladen). Mama sage ich, dass ich auf den Platz zum Fußballspielen gehe und zum Essen zurück bin. Da sie gerade telefoniert, nickt sie nur, und weg bin ich.

Fran wohnt ganz in der Nähe von uns, sodass ich kurze Zeit später bei ihm bin. Seine Familie hat ein Haus mit Garten. Er muss nicht wie ich in einer kleinen Wohnung leben.

Haus, Geburtstag, Freunde … Es gibt Leute, die einfach alles haben.

Anders als ich.

Ich gehe durch das Gartentor. Als Kind fällt man nie auf, daher kann ich mich leicht einschleichen. Ich gehe durch den Garten. Der fröhliche Lärm von Frans Party ist bereits zu hören, und ich beneide ihn glühend. Durchs Fenster kann ich ins Haus sehen: Luftballons, Musik, Geschenke und auf dem Tisch, an dem meine Schulkameraden sitzen, jede Menge Köstlichkeiten.

All das will ich auch haben!

Traurigkeit durchzuckt mich, als hätte mich eine Wespe gestochen; ich hatte gerade an meine letzte Geburtstagsfeier gedacht, die der, die ich vor mir sehe, ganz ähnlich gewesen ist. Ich war bei genau so einem Fest die Hauptperson gewesen. Und Laura war da.

Jedes Jahr am 6. Oktober bin ich die Hauptperson gewesen.

Das Schlimmste ist, dass bei diesem Fest niemandem aufzufallen scheint, dass ich nicht dabei bin. Allen ist völlig egal, dass ich keinen Geburtstag mehr habe. Das tut so weh!

Sicher ist Laura auch eingeladen, auch wenn ich sie jetzt nicht dort sehe.

Sonst sind alle da: Kevin, Zuleima, Sandra, Javi, Teresa, Isma … Alle außer mir.

Ich ducke mich, damit sie mich nicht sehen. Es ist zu gefährlich, weiterhin durchs Fenster zu schauen, aber ich kann ihr Lachen, die fröhlichen Rufe und die Musik noch gut hören.

Ein plötzliches Geräusch lässt mich herumfahren. Es ist Javier, Frans Vater, der von der Straße her zum Haus geht. Wie hatte ich so blöd sein können, einfach so vor dem Fenster stehen zu bleiben?

Ich werfe mich neben der Hauswand zu Boden. Beinahe hätte er mich gesehen. Mein Herz rast. Was, wenn er mich entdecken würde?

Wie sollte ich meine Anwesenheit erklären? Wie peinlich!

Frans Vater ist dicht neben mir stehen geblieben. Ich hatte gehofft, dass er schnell an mir vorbei und ins Haus gehen würde, doch er telefoniert gerade und bleibt nur wenige Meter von mir entfernt draußen im Garten. Er gestikuliert. Wenn er sich in meine Richtung umdreht …

Es gibt keine Fluchtmöglichkeit. Jede Bewegung wird mich verraten. Ich kann nur hoffen.

In diesem Moment wendet Javier sich um, sieht mich zusammengekauert auf dem Rasen hocken und starrt mich an.

»Und wer bist du?«

Er hat mich erwischt und zeigt nun mit dem Finger auf mich, während er das Telefon vom Ohr nimmt.

Ich halte den Atem an und wage nicht zu blinzeln.

Wenn ich doch nur einfach vom Erdboden verschwinden könnte. Plötzlich erscheint es mir sehr erstrebenswert, dass Kinder ohne Geburtstag einfach unsichtbar wären.

Ich sehe ihn bestürzt an. Dabei achte ich darauf, dass er den Rucksack auf meinem Rücken nicht sieht. Dann lege ich in einer Eingebung einen Finger an die Lippen, was ihn offenbar überrascht. Damit will ich einerseits Zeit gewinnen und außerdem vermeiden, dass drinnen im Haus jemand mitbekommt, was hier draußen vor sich geht.

»Wir … Wir haben für Fran eine Überraschung vorbereitet«, improvisiere ich flüsternd. »Die anderen lenken ihn drinnen ab und ich …«

Javier lässt den Blick durch den Garten schweifen. Wahrscheinlich hofft er, etwas zu entdecken, was auf die Überraschung hinweist. Er sagt kein Wort. Schließlich zuckt er mit den Schultern und seufzt. Wie es scheint, bin ich nicht wichtig genug, um wegen mir noch länger das Telefongespräch zu unterbrechen. Denn er hält das Handy wieder ans Ohr, tritt ins Haus und beachtet mich nicht weiter.

Am liebsten würde ich weglaufen. Nach diesem Schrecken ist mir nur noch danach, die Flucht zu ergreifen und mich in meinem Zimmer zu verstecken. Es wird nicht lange dauern, bis Javier feststellen wird, dass es keine Überraschung gibt, die für seinen Sohn vorbereitet wurde. Aber ich brauche mehr Zeit. Ich brauche Frans Zeit.

Genau in diesem Moment.

Ohne aufzustehen, öffne ich meinen Rucksack, nehme den Sauger heraus und drücke auf den *Power*-Knopf. Ich hebe die Maschine auf die Höhe des Fensterrahmens und richte die Saugöffnung in den Raum, in dem die Feier stattfindet. Das grüne Licht leuchtet bereits. Ich drücke auf den runden Knopf und die rote Zahl, die auf *34* steht, steigt an: *35, 36, 37 …*

Gleichzeitig wird drinnen *Happy Birthday* gesungen; ich nehme an, dass Frans Mutter mit dem Kuchen erschienen ist, auf dem die Geburtstagskerzen brennen. Was für ein glücklicher Zufall!

Als die Anzeige des Saugers *45* erreicht, drücke ich wieder auf den Knopf und unterbreche den Zeitdiebstahl.

Unterdessen ist es im Haus still geworden. Vorsichtig richte ich mich so weit auf, dass ich durchs Fenster schauen kann.

Drinnen machen alle verwirrte Gesichter. Unsicheres Lachen ist zu hören. Wie es scheint, ist den Kindern der Anlass für die Party entfallen. Von den Kerzen auf dem Kuchen steigt Rauch auf. Sie sind erloschen. Als wären sie bereits ausgeblasen worden.

Ich sehe auf die Uhr. Ja, ein Zeitsprung von elf Minuten, genau die Zeit, die ich ihnen von draußen aus weggenommen habe.

Gerade als ich mich frage, ob sich auch diesmal infolge meines Diebstahls irgendein seltsamer Effekt einstellen wird, ist ein Würgen zu hören. Ich sehe genauer hin: Es kommt von Isma, einem Klassenkameraden, der sehr gut Fußball spielen kann. Er hat angefangen zu zucken wie ein Fisch auf dem Trockenen. Mit aufgeblähten Wangen versucht er verzweifelt, den Mund zuzuhalten, bis er nicht mehr kann und sich quer über den Tisch übergibt, wobei jeder etwas davon abkriegt. Alle schreien auf. Den üblen Geruch will ich mir gar nicht vorstellen. Inzwischen ergeht es den anderen genauso: Javi, Zuleima, Marcos ... sogar Fran und seine Mutter geben das zuvor Gegessene schwallweise von sich.

Alle sind kreidebleich. Sosehr sie sich auch zusammenreißen, können sie nichts mehr bei sich behalten. Sie wirken wie ausbrechende Vulkane. Es spritzt in alle Richtungen: auf den Wohnzimmerboden, die Stühle, die Kleidung, auf die Blumentöpfe … Sogar die Luftballons bekommen ihren Teil ab. Und obwohl ich mich in sicherer Entfernung befinde, wird auch mir schlecht. Sicherheitshalber verlasse ich meinen Beobachtungsposten am Fenster. Ich habe genug gesehen.

Während ich den Sauger wieder im Rucksack verstaue, kann ich mir ein Grinsen nicht verkneifen. Ich habe die besten Momente von Frans Geburtstagsfeier erwischt … und den unangenehmen Teil den anderen überlassen.

Ich bereue es nicht.

Nun ist es Zeit zu gehen. Bevor Frans Vater wieder einfällt, dass er mich im Garten gesehen hat, mache ich mich aus dem Staub.

GEFAHR IM EIGENEN HAUS

Heute, am Sonntag, habe ich zu Hause beim Essen weitere fünf Minuten gestohlen, da meine Tante und mein Onkel mit ihren Kindern zu Besuch sind und perfekte Stimmung herrscht. Die ungewöhnliche Reaktion meiner Cousins auf den Zeitraub hat darin bestanden, dass sie vom Tisch aufgestanden sind, sich umgedreht und sich die Hose heruntergezogen haben, um uns den Allerwertesten zu zeigen. Ungelogen. Sie haben uns tatsächlich den blanken Hintern hingestreckt. Meine Eltern haben es immer noch nicht ganz verdaut.

Dafür steht die Anzeige am Sauger jetzt auf 50 Minuten. Es hat sich also gelohnt, für Chaos in der Familie zu sorgen.

50 Minuten reinen Glücks!

Ich bin kurz davor, die erste volle Stunde zu erreichen.

Tag 9 habe ich in mein Heft geschrieben. *5 Minuten.*

Die Spalte mit meinen Notizen im Heft ist schon ziemlich lang. Und ich werde immer besser; ich bin zu einem äußerst professionellen Zeitdieb geworden.

Plötzlich tritt Mama, ohne anzuklopfen, in mein Zimmer. Ich schrecke auf, denn beinahe hätte sie mich mit dem Sauger in der Hand erwischt. Zum Glück hatte ich ihn gerade in den Rucksack gesteckt.

»Hallo, Mama«, begrüße ich sie mit dem unschuldigen Gesichtsausdruck des »braven Kindes«.

Sie sieht auf meine Hände, die sich so fest an den Rucksack klammern, dass die Fingerknöchel weiß hervorstehen.

»Was ist los, Eduardo María?«

Mama hat mich bei meinem vollen Namen genannt, was mich sofort in Alarmstimmung versetzt. Da ist was im Busch.

»Nichts«, entgegne ich.

Mein engelhaftes Verhalten wird sie bestimmt überzeugen. Und wenn nicht, bleibt mir noch das, was ich den »Kuschelplan«

nenne und was darin besteht, dass ich sehr schmusig werde. Denn eines steht fest: Keine Mama kann einem Kind, das mit ihr kuscheln will, widerstehen (vor allem, wenn es ihr eigenes ist).

Wir Wunderkinder – vor allem die, die wie ich einen unterentwickelten Körperbau haben – sind große Strategen.

Nur so können wir überleben.

»Du hast dich in den letzten Tagen sehr merkwürdig verhalten«, sagt Mama. »Das ist Papa und mir nicht entgangen.«

Ich tue erstaunt. So gewinne ich Zeit, bis ich genau weiß, worum es geht.

»Was meinst du?«

Sie weist in mein Zimmer. Kein einziges Spielzeug liegt auf dem Boden.

»Seit wann bist du so ordentlich?«

Sie hat recht. So aufgeräumt war mein Zimmer noch nie.

»In der Schule hieß es, wir sollten ordentlicher sein, und ich tue mein Bestes.«

Ich habe geschickt improvisiert, doch sie schluckt die Sache nicht so einfach. Meine Mama ist ausgesprochen schlau.

»Es sieht hier so ordentlich aus, weil du in diesem Zimmer nicht gespielt hast«, meint sie. »Seit Tagen hast du nicht mehr gespielt. Du schließt dich in dein Zimmer ein und machst nichts, als auf dem Bett zu liegen. Das ist absolut nicht normal in deinem Alter.«

In meinem Alter? Das war ein Schlag unter die Gürtellinie.

»Du übertreibst, Mama.«

Mir fällt auf, dass sie wirklich besorgt ist.

»Und du liest nicht mehr.«

Sie blickt zu meinem Nachttisch hinüber, wo normalerweise immer das Buch liegt, das ich gerade lese. Der Nachttisch ist leer … weil ich tatsächlich seit Tagen nicht gelesen habe. Wie konnte ich mich in so kurzer Zeit derart verändern? Und ohne dass es mir selbst aufgefallen ist!

»Deine Cousins sind noch hier«, beharrt Mama, »und du wolltest mit ihnen nicht auf den Fußballplatz gehen. Findest du das nicht alles ein bisschen seltsam?«

»Na ja, das mache ich doch jeden Tag …«

»Und ausgerechnet, wenn deine Cousins da sind, hast du keine Lust?«

»Genau«, entgegne ich aufsässig. »Heute habe ich keine Lust.« Ich fühle mich in die Ecke gedrängt, und das gefällt mir gar nicht.

»Du redest auch nicht mehr mit deiner Schwester. Und bist die ganze Zeit so ernst oder mit den Gedanken woanders.«

»Ernst? Ich? Mit den Gedanken woanders?«

Das zu wiederholen, was der andere sagt, ist auch eine Art, Zeit zu gewinnen.

»Papa und ich fragen uns, wo du seit einigen Tagen den Kopf hast. Es ist, als ob dich plötzlich nichts mehr, was hier zu Hause geschieht, interessiert. Vorher warst du nicht so …«

»Was du da sagst, stimmt nicht, Mama«, ist das Einzige, was mir dazu einfällt.

Ich weiß nicht, wie ich mich verteidigen soll, was mich noch dämlicher aussehen lässt als vorher.

Sie tritt einen Schritt vor und stemmt die Arme in die Hüften. So leicht wird sie sich nicht abwimmeln lassen.

»Dann sag mir doch mal, was mit dem Freund deiner Schwester passiert ist?«, beginnt sie. »Wir haben letzten Freitag beim Essen darüber gesprochen. Daran solltest du dich eigentlich erinnern.«

Ich schweige. Denn ich habe keine Ahnung. Ist ihm etwas zugestoßen? Davon habe ich nichts mitbekommen. Wahrscheinlich hatte ich gerade meinen Angriffsplan auf Frans Geburtstag geschmiedet, während sie darüber geredet haben.

»Er hat im Lotto gewonnen?«, versuche ich mein Glück.

Mama sieht mich traurig an. Das war es wohl nicht.

»Er ist von einem Auto angefahren worden«, erklärt sie. »Zum Glück ist nichts Schlimmes passiert.«

Ich sage nichts darauf und stelle mich lieber dumm. (Es beunruhigt mich, dass es mir so leichtfällt, mich dumm zu stellen, aber dies ist nicht der richtige Zeitpunkt, um darüber nachzudenken.)

»Und ständig hast du deinen Rucksack dabei …« Mama startet eine neue Attacke. »Was trägst du da drin eigentlich mit dir herum?«

Ich schlucke. Jetzt wird die Sache kompliziert. Sehr kompliziert!

Irgendwie gelingt es mir, ruhig zu bleiben.

»Nichts, Mama. Nur meine Schulbücher.«

Meine Mutter schweigt.

Tritt noch einen Schritt vor.

»Dann zeig mal!« Sie greift nach dem Rucksack, meinem heiligen Rucksack, in dem sich die verbotene Maschine befindet.

Achtung, Gefahr!

Ich muss mir jetzt ganz genau überlegen, was ich sage. Eine falsche Reaktion, und es ist vorbei.

»Warum?«, frage ich sanft. »Da ist ganz bestimmt nichts …«

Sie zuckt mit den Schultern.

»Aus Neugierde, Edu.«

»Glaubst du mir denn nicht?« Es ist ein Akt der Verzweiflung, aber immerhin zögert sie; denn sie will mich auch nicht verletzen.

»Hast du ein Problem, Edu? Ist es wegen des 6. Oktobers? Wenn es das ist, weißt du, dass du auf uns zählen kannst.«

Leider nicht. Sie können mir in diesem Krieg nicht beistehen. Und wenn sie herausfinden, was ich tue, werden sie mich zwingen, den Sauger zurückzugeben. Und das wäre das Ende. Dann würde ich für immer auf meinen Geburtstag verzichten müssen.

Ich hasse es, meine Eltern zu belügen, und ich fühle mich richtig mies deswegen. Doch ich habe keine andere Wahl.

»Nein, Mama«, antworte ich. »Ich habe kein Problem, wirklich nicht, und ich verspreche, von jetzt an wieder aufmerksamer zu sein, okay?«

Mein Versprechen überzeugt sie nicht. Dennoch entscheidet sie, es erst mal dabei zu belassen. Immerhin habe ich den ersten Angriff überstanden.

Ich nehme es als Warnung: Von nun an muss ich beim Zeitstehlen vorsichtiger sein, sonst werden sie mich entdecken, bevor ich die 1.440 Minuten, die ich brauche, zusammenhabe.

Die Gefahr lauert nicht nur draußen.

MARTÍN SCHLÄGT ZU

Dienstag.

Ich schreibe *Tag 11* in mein *Verzeichnis der gestohlenen Zeit*.

Gestern, in der Schule, haben mich einige meiner Klassenkameraden wie Luft behandelt, da ich ein Verräter bin. Ein toller Wochenbeginn! Das kommt davon, wenn man sich mit dem Anführer anlegt. Die Sache mit dem Mäppchen wird so schnell keiner vergessen. Zum Glück habe ich ein reines Gewissen. Entweder er oder ich. Und ich habe richtig gehandelt, als ich ihn beim Lehrer verpetzt habe.

Immerhin gelingt es mir, Martín zu entwischen, der mich sucht, um mir eine Tracht Prügel zu verpassen. Laura begegnet ihm auf dem Gang und lenkt ihn ab, indem sie ihm sagt, sie hätte mich woanders gesehen. Das ist nett von ihr. Ich habe das Ganze von meinem Versteck aus beobachtet. Beinahe wäre ich zu ihr gegangen, um mich zu bedanken, habe dann aber doch lieber darauf verzichtet. Dass Laura mir jetzt hilft, bringt mir meinen Geburtstag auch nicht wieder. Ich muss hart bleiben! Auch wenn es mir zugegebenermaßen immer schwerer fällt. Sich zu rächen ist ziemlich anstrengend. Allmählich frage ich mich, ob es die Sache wert ist, und mir ist auch nicht ganz klar, was das Ganze bringen soll.

Was hoffe ich damit zu erreichen? Ich habe das Gefühl, darüber noch gar nicht richtig nachgedacht zu haben.

Tatsache ist, dass, solange Laura und ich Freunde waren, niemand gewagt hat, mich zu ärgern. Sie lässt sich nicht so leicht einschüchtern, und keiner will sich mit ihr anlegen. Was mir immer sehr gelegen kam, da jeder, der mir etwas wollte, sich mit ihr auseinandersetzen musste. An ihrer Seite habe ich mich stark gefühlt, da sie mich beschützt hat.

Zusammen mit Laura hat es immer großen Spaß gemacht, Abenteuer zu erleben. Denn ihre Begeisterung ist ansteckend. Zum Beispiel bei dem Ausflug in die Berge, den wir zusammen mit unseren Klassen vor einigen Monaten gemacht haben. Wir hatten eine sehr tiefe Höhle entdeckt, und sie hat mich an die Hand genommen, um sie gemeinsam zu erkunden. Allein hätte ich mich das nie getraut, aber als ich ihre Hand spürte, die meine Finger drückte, war ich mir sicher, dass nichts und niemand mir mehr etwas anhaben könnte. Unglaublich! Wir sind bis zum Ende der Höhle vorgedrungen und haben ein paar alte Knochen gefunden, die vielleicht Menschenknochen sind. Es war sehr aufregend. Und als wir wieder herauskamen, haben uns alle wie Helden gefeiert.

Ich war noch nie ein Held, außer mit Laura.

»Mit dir bis zum Ende der Welt«, hat sie mit leuchtenden Augen gesagt, als wir die Höhle verließen.

Im Klassenraum macht Martín mir drohende Zeichen. Um mich abzulenken, konzentriere ich mich auf meine Sitznachbarin, die Überflüssige.

Allerdings ist das ziemlich langweilig. Es ist so langweilig, dass ich sogar überlege, ob ich mich nicht lieber verprügeln lassen soll.

Sandra ist eine echte Streberin, und sie kann einem ziemlich auf die Nerven gehen.

Wenigstens ist gestern alles gut gegangen. Denn als ich mich vor Martín versteckt hatte, bin ich am Theatersaal der Schule vorbeigekommen, wo ein paar Vorschulkinder sich voller Begeisterung das Stück eines Marionettentheaters ansahen. Es ist mir gelungen, ihnen von der letzten Reihe aus sechs Minuten zu stehlen. Problematisch wurde die Sache danach, als die Kleinen als Reaktion auf den Zeitdiebstahl wie die Frösche umherhüpften. Es war wirklich ein beeindruckendes Spektakel, einige von ihnen streckten sogar die Zunge heraus, um Fliegen zu fangen, und spuckten.

Was die Nebenwirkungen des Saugers angeht, muss ich sehr vorsichtig sein.

Mittlerweile habe ich 56 Minuten zusammen. Plötzlich erklingt der Schulgong und reißt mich aus meinen Gedanken, während alle anderen nach draußen auf den Schulhof stürzen. Ich beschließe, mich in der Toilette vor Martín zu verstecken, doch er findet mich sofort. Diesmal ist Laura nicht da, um ihn in die Irre zu führen. Bevor ich irgendwie reagieren kann, verpasst Martín mir einen Tritt gegen das Schienbein und einen Faustschlag in den Magen.

Ich lehne mich keuchend an die Wand.

»Halt das nächste Mal die Fresse!«, schreit er mich an.

Dann rennt er nach draußen auf den Hof zu seinen Freunden.

Ich setze den Rucksack nicht ab, obwohl mein Bauch furchtbar wehtut. Und ich weiß nicht, ob ich tapfer bin oder genau das Gegenteil davon.

Wenigstens ist die Gefahr jetzt vorbei. Insofern geht es mir besser.

Das Wichtigste ist jetzt, ein paar schöne Momente zu finden, die ich stehlen kann. An diesem Morgen ist es sehr schwierig, irgendwo glückliche Momente aufzutreiben, denn alle sind sehr ernst.

Das macht mir Sorgen, denn ich muss noch ziemlich viel Zeit aufsaugen.

Ich kann es mir nicht leisten, auch nur einen Tag zu verlieren.

DARF MAN EINEN DIEB BESTEHLEN?

Heute Nachmittag habe ich meine Mutter gezwungen, noch einmal mit mir zur Schule zurückzukehren.

Dabei habe ich ein derart ängstliches Gesicht gemacht, dass sie beinahe gerannt ist, um mit mir Schritt zu halten.

Ich habe sie an der Hand hinter mir hergezogen wie ein Spürhund an der Leine, der seine Beute wittert. Wahrscheinlich ist einer ihrer Arme jetzt länger als der andere.

Ich schwöre euch, dass ich vor Angst nassgeschwitzt war.

Denn mir ist etwas Schreckliches passiert: Ich habe meinen Rucksack im Klassenraum vergessen!

Unfassbar. Das ist ungefähr so, als wenn ein Spion seine Waffe unbeaufsichtigt herumliegen lässt.

Ich bin so blöd! Die verbotene Maschine für jedermann in Reichweite. Wie kann man nur so unprofessionell sein!

Sie würden alles entdecken und mich ins Gefängnis schicken. Ich sehe es schon vor mir.

Und das nur wegen eines Moments der Unachtsamkeit.

Was werden meine Eltern denken? Und Herr Vinicius?

Ich schäme mich jetzt schon dafür, von der Polizei abgeführt zu werden, während meine Klassenkameraden mit dem Finger auf mich zeigen. Ich höre sogar Martíns gehässiges Kichern hinter meinem Rücken. Ob sie mich in Handschellen zu einem Polizeiwagen mit Blaulicht und Sirene führen werden?

Okay, vielleicht habe ich ein wenig zu viel Fantasie.

Jedenfalls habe ich meinen wertvollsten Schatz einfach so vergessen. Wie konnte mir das nur passieren? Woran habe ich gedacht, als der Schulgong ertönte und wir alle die Klasse verlassen haben?

Die Überflüssige hat mich natürlich nicht auf meinen Rucksack aufmerksam gemacht.

Sie muss es gemerkt haben und hat nichts gesagt. Wahrscheinlich hat sie mit der üblichen missbilligenden Miene ihre Bücher eingesammelt, angesichts der Dummheit des männlichen Geschlechts verächtlich geschnaubt und ist einfach gegangen.

»Ganz ruhig, Edu!«, sagt Mama, die hinter mir her stolpert. »Das ist doch nicht so schlimm. Wir kriegen den Rucksack schon wieder.«

Ich habe nicht mehr die Kraft, etwas vorzutäuschen. Ich hätte mich verstellen müssen, doch ich kann nicht. Der Schreck ist zu groß.

Sie hat ja keine Ahnung, was auf dem Spiel steht: mein Leben, meine Zukunft!

Noch nie ist mir ein Weg so lang vorgekommen.

Schließlich erreichen wir das Schulgebäude. Mama wartet in der Hausmeisterei, während ich die Treppe zu meinem Klassenzimmer hinaufstürze und dabei fast auf den Stufen ausrutsche.

Ich bekomme kaum noch Luft und bin nicht in der Lage, ein Wort zu sagen. Und wenn der Rucksack nicht mehr da ist? Und wenn jemand ihn mitgenommen hat?

Und wenn jemand entdeckt hat, was darin ist?

Was soll ich dann machen? Fliehen, bevor die Polizei zu uns nach Hause kommt, um mich festzunehmen?

Ich sehe bereits vor mir, wie die Nachricht im Fernsehen verkündet wird, und die Schlagzeilen in der Zeitung neben meinem Foto.

ZEHNJÄHRIGER JUNGE WEGEN ZEITDIEBSTAHLS FESTGENOMMEN!

Wochenlang trieb er sein Unwesen. Die Zahl seiner Opfer, die noch nicht alle identifiziert sind, beläuft sich auf mehrere Dutzend. »Er war immer so ein netter Junge«, versichern die Nachbarn verwundert. »Sehr gut erzogen, und er hat immer gegrüßt.« Niemand konnte ahnen, dass es sich in Wirklichkeit um einen Serientäter handelte, einen skrupellosen Zeitdieb.

DER GESCHMACK VON SCHMUTZIGEM GLAS

Endlich erreiche ich das Klassenzimmer. Ich richte den Blick auf meinen Tisch, der in der Mitte einer der Reihen steht, und renne nach vorn. Als ich bei dem Tisch anlange, bücke ich mich und … der Rucksack ist nicht da.

Er ist nicht da!

Jemand hat ihn mitgenommen.

Ich bin verloren.

Unbeweglich stehe ich dort und starre wie ein Idiot auf den leeren Boden. Der Rucksack ist nicht da.

So lange ich auch dorthin schaue, er wird nicht wieder auftauchen. Jemand hat ihn mitgenommen.

An dieser Stelle hätte er sein müssen, aber er ist nicht da. Das ist das Ende. Diesmal ist es endgültig vorbei.

Nun bin ich dran.

Ob man im Gefängnis jeden Morgen früh aufstehen muss?

Ob man mich zwingen wird, Gemüse zu essen?

Ob Mama und Papa mich ab und zu besuchen dürfen?

Wobei sie mich vielleicht gar nicht mehr sehen wollen, wenn sie erfahren, dass ich ein Zeitdieb bin …

Ich würde alles verlieren.

Am liebsten wäre ich ganz klein geworden, bis ich ganz verschwunden wäre. Was soll ich jetzt nur tun?

Ich schätze, dass mir mindestens zweihunderttausend Tränen in den Augen stehen. Nicht mal der graue Star meiner Oma könnte mit den tausend Gedanken, die mir durch den Kopf zwitschern, mithalten.

Und Mama steht unten und wartet. Was soll ich nur tun?

Wenn wenigstens der Angestellte aus dem Laden der Verbotenen Dinge da wäre …

Und dann, als ich mich schon in mein Schicksal ergeben will, fällt mir ein, dass ich mal mein Lineal im Klassenraum vergessen hatte. Damals hatte die Putzfrau es in der Hausmeisterei in die Fundkiste gelegt!

Und wenn … sie das diesmal auch getan hat?

Warum hätte sie diesmal anders handeln sollen, falls sie den Rucksack nicht geöffnet hat …

Und warum hätte die Putzfrau den Rucksack eines zehnjährigen Kindes im Körper eines Achtjährigen mit dem Gehirn eines Vierzehnjährigen öffnen sollen?

Die Tatsache, dass die Polizei nicht zur Schule gekommen ist, war doch schon mal ein gutes Zeichen.

Ob mein Rucksack in der Fundkiste ist?

Bitte-bitte-bitte-bitte …

Ich renne los, und diesmal stürze ich in noch halsbrecherischerem Tempo die Treppe hinunter.

Im Gang schieße ich wie ein Meteorit an meiner Mutter vorbei (die mir mit offenem Mund nachsieht) und lege in der Hausmeisterei eine spektakuläre Notbremsung hin. Ich nähere mein verschwitztes Gesicht dem Fenster und sehe mit Schrecken, was gerade geschieht: Der Hausmeister hält meinen Rucksack in den Händen!

Seine Finger spielen mit dem Reißverschluss. Offensichtlich langweilt sich der Mann und hat beschlossen, ein bisschen herumzustöbern. Verdammt …

»Das ist mein Rucksack!«, schreie ich und klopfe gegen die Scheibe.

Etwas Besseres fällt mir nicht ein. Zumindest erreiche ich damit, dass der Hausmeister innehält. Ich habe ein paar Sekunden gewonnen. Er sieht mich an.

»Sicher?«, fragt er, wobei er langsam den Reißverschluss öffnet. »Wollen wir besser mal reinschauen?«

Mir bleibt fast das Herz stehen. Er zieht den Reißverschluss noch weiter auf!

Da ertönt hinter mir eine mir nur allzu bekannte feste Stimme:

»Ganz sicher, Señor González. Das ist der Rucksack meines Sohnes. Wenn Sie ihn ihm bitte geben könnten.«

Mama. Nie habe ich sie so geliebt wie in diesem Moment. Ihre Anwesenheit sorgt dafür, dass der Hausmeister seine Neugierde im Zaum hält, den Reißverschluss widerwillig schließt und mir mit misstrauischem Blick den Rucksack hinhält.

»Hier, nimm, und pass beim nächsten Mal besser drauf auf.«

»Ja, Señor González, vielen Dank.«

Ich nehme den Rucksack entgegen, als enthielte er mein klopfendes Herz.

Die Freude, die ich dabei empfinde, ist unbeschreiblich!

Die Erleichterung hat mich die Luft anhalten lassen, die ich nun mit einem langen, langen, langen Seufzer ausstoße.

In diesem Moment wird mir klar, dass ich dieses Gefühl nutzen könnte.

»Ich muss auf die Toilette!«

Ohne die Antwort meiner Mutter abzuwarten, mache ich mich gleich auf den Weg. Ich muss allein sein.

Kaum in der Toilettenkabine angelangt, schalte ich den Sauger ein und stehle mir selbst vier jener wunderbaren Minuten. Vier Minuten für die Bilanz von *Tag 40*, so würde ich es in mein *Verzeichnis der gestohlenen Zeit* eintragen.

Ich spüre die gleiche Verwirrung, wie ich sie nach jedem Zeitdiebstahl auf den Gesichtern meiner Opfer gesehen habe, und irgendwie überkommt mich auf einmal der unwiderstehliche Drang, über die Fensterscheibe zu lecken. Habt ihr schon mal den Geschmack von schmutzigem Glas probiert? Ich kann es euch nicht empfehlen.

Als ich mich von diesem Anfall erholt habe, verlasse ich mit dem Rucksack auf dem Rücken die Toilette und gehe zu meiner Mutter, die schon wartet. Ob sie etwas zu essen dabeihat? Ich muss unbedingt den widerlichen Geschmack im Mund loswerden.

VON TOREN UND WÜTENDEN GLATZKÖPFEN

An diesem Nachmittag bin ich mit meinem Vater im Fußballstadion, um dort unsere Mannschaft anzufeuern. Es ist ein wichtiges Spiel, denn es geht um den Einzug ins Finale der Meisterschaft, und die Zuschauerränge sind voll von lärmenden Fans.

Im Moment steht es unentschieden, und die Anspannung der Fans ist deutlich zu spüren, wie es im Radio immer heißt. Es bleiben nur noch ein paar Minuten bis zum Ende des Spiels, und gerade hätte die Gastmannschaft beinahe das entscheidende Tor geschossen, was unser Ende gewesen wäre.

Papa ist sehr still und löst den Blick nicht von dem Ball, der übers Spielfeld rollt. Er hat die Fäuste geballt, und sein Mund steht offen. Er sitzt nach vorn gebeugt und reckt den Hals wie eine hungrige Ente.

Wenn ich nicht dabei wäre, würde er sicher den Schiedsrichter beschimpfen.

Ich sitze neben ihm und achte nicht aufs Spiel. Mein Rucksack steht geöffnet zwischen meinen Beinen und darin leuchtet der grüne Knopf der Maschine.

Der Saugkopf, den ich auf die Zuschauer gerichtet habe, lugt ein kleines bisschen aus seinem Versteck hervor.

Der Zeitsauger ist bereit.

Ich habe meine linke Hand auf die Maschine gelegt, sodass mein Zeigefinger beinahe den runden Knopf berührt, mit dem ich den Sauger aktivieren kann, wenn die Gelegenheit kommt.

Und nun heißt es, Daumen drücken …

Der Schiedsrichter verkündet, dass noch fünf Minuten zu spielen sind.

Allmählich werde ich unruhig.

Wird sich der ersehnte Moment noch einstellen? Wird unsere Mannschaft noch ein Tor schießen?

Dreieinhalb Minuten.

Aus Versehen trete ich gegen meine Coladose, die ich auf den Boden gestellt habe. Der

Inhalt ergießt sich über den glatzköpfigen Zuschauer in der Reihe vor mir, die etwas tiefer liegt.

Ich sehe, wie die sprudelnde Flüssigkeit dem Mann in den Nacken läuft, was die Umstehenden, die das Malheur gesehen haben, zum Lachen bringt. Dem Glatzkopf läuft die Cola vom Nacken aus den Rücken hinab. Der Hinterkopf glänzt klebrig.

So ein Mist! Der Typ, der nun wütend aufsteht und uns ansieht, als ob er uns umbringen wollte, ist riesengroß.

»Aber was …!«, schreit er und greift sich an die Glatze.

»Entschuldigen Sie.« Papa bietet dem Mann ein Taschentuch an, um sich trocken zu wischen. »Das war ein Versehen, und es tut uns sehr leid, nicht wahr, Edu?«

Beide sehen mich an.

»Ja, das … tut mir wirklich sehr leid, mein Herr. Das wollte ich nicht.«

Der Glatzkopf hat das ganze Hemd voller Cola, beruhigt sich aber wieder.

Zum Glück habe ich noch nicht mit dem Zeitdiebstahl begonnen. Ich will mir lieber nicht vorstellen, welche Folgen es hätte, wenn ich die gerade vergangenen Minuten für meinen Geburtstag eingesammelt hätte. Das Letzte, was ich mir für meine Geburtstagsfeier wünsche, ist, dass die Gäste sich gegenseitig die Cola vom Kopf lecken.

Wenn ich die Absicht hatte, eine wirklich unvergessliche Geburtstagsfeier zu organisieren, war ich auf dem besten Weg.

Klar, was meine Oma zu der Party sagen würde: »Was für eine Tragödie!« Und das mit Recht.

Auf dem Platz wehrt gerade einer unserer Abwehrspieler einen Angriff der Gegenmannschaft ab und schießt den Ball in die Mitte des Spielfelds. Wie durch Zauberkraft vergessen alle um mich herum, was geschehen ist, und wenden ihre Aufmerksamkeit dem Spiel zu. Der Glatzkopf hat sich wieder hingesetzt.

Ein anderer unserer Spieler hat den Pass angenommen und läuft mit dem Ball ein paar Meter nach vorn, um ihn dann einem Mitspieler zuzukicken, der auf der rechten Seite mitläuft.

Noch drei Minuten.

Der Spieler an der Seite verschätzt sich und verliert den Ball an einen gegnerischen Abwehrspieler. Gleich darauf erobert unser Spieler den Ball zurück und schießt ihn zu unserem Mittelstürmer.

Noch eine Minute.

Der Stürmer rennt mit dem Ball nach vorn und nähert sich dem gegnerischen Tor. Dann weicht er einem Spieler der Gegenmannschaft aus und gelangt noch weiter nach vorn, um den Ball dann einem anderen Stürmer zuzupassen, der von der Seite kommt.

Noch eine halbe Minute. Die Fans der anderen Mannschaft schreien, pfeifen, brüllen den Schiedsrichter wegen einer angeblichen Fehlentscheidung an.

Noch zwanzig Sekunden bis zum Ende des Spiels. Unsere Nerven sind zum Zerreißen gespannt!

Auf unserer Seite halten alle den Atem an. Man hätte ein auf den Boden fallendes Streichholz hören können. Hunderte Augenpaare sind auf den angreifenden Stürmer gerichtet.

Mein Zeigefinger streicht über den runden Knopf des Saugers. Los, ihr könnt noch gewinnen!

Der Schiedsrichter steckt die Pfeife in den Mund.

Noch zehn Sekunden und unser Stürmer erreicht den gegnerischen Torhüter, der weit vor dem Tor steht.

Sie treffen aufeinander.

Unser Stürmer dribbelt um ihn herum … und steht allein vor dem Tor.

Mutterseelenallein!

Bereit für den Schuss.

Noch fünf Sekunden.

Er schießt.

Der Ball rollt über das Gras …

Noch drei Sekunden.

… bis … ins Tor! Der Ball ist im Netz!

Tor.

Tor!

Tooooooor!

Als der Jubel um mich herum losbricht, drücke ich auf den Knopf, bevor mein Vater mich hochreißt. Er hat sich zu mir umgedreht und umarmt mich, vor Freude hüpfend.

Es ist vollkommen verrückt!

Die Leute weinen, kreischen, recken die Arme in den Himmel und umarmen sich immer wieder. Wir haben gewonnen! Der riesige, klebrige Glatzkopf dreht sich zu uns um und umarmt uns zwischen zwei Freudensprüngen.

Inmitten all des Lärms ist es unmöglich, das Brummen der Maschine zu hören, die uns die Minuten stiehlt.

Als es mir schließlich gelingt, mich von meinem Vater und dem Glatzkopf zu lösen, hat der Sauger bereits neun Minuten gesammelt.

Nicht schlecht für *Tag 50.*

Nach und nach kehrt im Stadion wieder Ruhe ein. Ich denke schon, dass diesmal nichts Ungewöhnliches passieren wird, als die Leute in meiner Sitzreihe plötzlich paarweise zu tanzen beginnen.

Der Anblick meines Vaters, der den klebrigen Glatzkopf um die Taille gefasst hat und sich mit ihm im Rhythmus einer imaginären Musik dreht (umgeben von den anderen tanzenden Paaren), haut mich um. Es ist noch schlimmer als die kollektive Kotzattacke auf Frans Geburtstag! Zum Glück dauert diese Reaktion auf den Zeitdiebstahl nur 20 Sekunden.

ES REGNET WINZIGE SPIEGEL

Tag 80. Ich setze meine Raubzüge fort. Nichts kann meine Gier nach weiteren Minuten stoppen.

Ich bin »süchtig« (ein neues Wort, das ich heute gelernt habe: *krankhafte Abhängigkeit von einem Genuss- oder Rauschmittel; übersteigertes Verlangen nach etwas, einem bestimmten Tun*).

Wie besessen lauere ich auf jede Minute, die mir eine passende Beute zu sein scheint.

Sogar den Jungen auf dem Fußballplatz habe ich ein wenig Zeit gestohlen, denn manchmal haben sie richtig viel Spaß (und danach sind sie für eine Weile auf allen vieren gekrabbelt).

Man muss schon ziemlich verzweifelt sein, um auf solche Minuten zurückzugreifen. Ich hoffe, dass sie sich nicht negativ auf meinen zukünftigen Geburtstag auswirken.

Denn ich will nur noch Minuten erster Güte, schließlich habe ich schon genug zweifelhafte Zeit gesammelt.

Im Alltag habe ich es nicht gerade leicht. Es fällt mir sowohl zu Hause als auch in der Schule ziemlich schwer, aufmerksam zu sein, weil ich ständig über irgendwelche Strategien nachgrüble, um noch mehr glückliche Minuten einzufangen. Meine Noten haben sich verschlechtert, und die letzten Freunde, die ich noch hatte, haben sich nun auch von mir abgewandt.

Das Schlimmste daran ist, dass es mir im Grunde nichts ausmacht.

Ich bin allein. Allein mit meiner gestohlenen Zeit. Allein mit meinem Zeitsauger.

Und das Einzige, was mich beschäftigt, ist, weitere Minuten zu stehlen.

Doch nie ist es genug. Ich muss mich mühsam zusammenreißen, keine ganzen Stunden zu stehlen, um diese ermüdende Aufgabe endlich abzuschließen. Das Einzige, was mich davon abhält, ist die Gewissheit, dass ich dann mit Sicherheit entdeckt würde und alles, was ich bisher getan hatte, umsonst gewesen wäre. (Denn was soll ein Sträfling im Gefängnis mit zusätzlicher Zeit anfangen? Das wäre ja wie eine verlängerte Strafe!)

Ich kann nicht riskieren, erwischt zu werden. Das ist die einzige Bedrohung, die meine Gier nach weiteren Minuten bremst.

Ich will diese 1.440 Minuten.

Nicht eine weniger. Das ist nur gerecht!

Der glänzende Sand füllt bereits einen großen Teil des Glasbehälters der Maschine. Ich genieße sein Gewicht, als wäre es Goldstaub.

Und ich liebe es, ihn zwischen den Fingern zu spüren und ihn in einem Regen aus winzigen Spiegeln hinunterrieseln zu lassen.

UNERWARTETER BESUCH

Nach und nach, Woche für Woche, erreiche ich Tag 100. An Weihnachten fällt es mir sehr leicht, Zeit zu stehlen, vor allem während der Bescherung.

Laut meinen Aufzeichnungen im *Verzeichnis der gestohlenen Zeit* verfüge ich bereits über 540 Minuten gesammelten Glücks.

540 Minuten / 60 = 9 Stunden

Neun Stunden. Mehr als ein Drittel eines Tages. Nun fehlt gar nicht mehr so viel Zeit, um meinen Geburtstag zu vervollständigen!

Beeindruckend, auch wenn ich zu erschöpft bin, um es zu feiern.

Ich muss mich ausruhen.

Seit drei Monaten ist nicht ein einziger Tag vergangen, an dem ich keine Zeit gestohlen habe (okay, einer, als ich Martín verraten habe). Und niemand hat mich entdeckt. Ich bin zu einem Meister-Zeitdieb geworden.

Der Angestellte aus dem Laden der Verbotenen Dinge wäre stolz auf mich.

Ich habe gelernt, geeignete Momente zu erahnen. Ständig halte ich mich für den Zugriff bereit, aktiviere den Sauger im richtigen Moment und äußerst unauffällig. Und bevor jemand bemerken kann, was geschehen ist, mache ich mich mit der gestohlenen Zeit davon.

Niemand ahnt etwas von meinem Doppelleben.

Für die anderen bin ich noch immer das traurige Kind ohne Geburtstag.

Mama und Papa haben allerdings wieder begonnen, mich zu überwachen. Sie haben sogar einen Arzt gerufen, weil ich so blass bin und immer müde. Der Doktor hat mir ein paar Vitamine verschrieben und mir Blut abgenommen, falls ich unter »Anämie« leiden sollte.

Ich halte das neue Wort für meine Sammlung fest.

Anämie: Verminderung der roten Blutzellen.

Wobei ich natürlich weiß, dass das nicht der Fall ist. Denn die Tatsache, dass ich Minuten stehle, verringert ja nicht meine roten Blutzellen (auch wenn ich sie nicht gezählt habe, das nur fürs Protokoll).

Worunter ich leide, ist, dass ich nicht gut schlafen kann, da ich in Gedanken ständig mit meiner geheimen Mission beschäftigt bin.

Das ist das Einzige, woran ich denken kann, vierundzwanzig Stunden am Tag. Man weiß ja nie, wann sich das nächste Mal die perfekte Gelegenheit für den Diebstahl bietet. Wo bekomme ich weitere Minuten her, wo und von wem?

Der Sauger, dessen Batterie ich weiterhin alle paar Tage auflade, sammelt die Zeit für mich, doch im Gegenzug raubt er mir die Kraft. Er ernährt sich von mir.

Manchmal denke ich, dass ich selbst es bin, der bei jedem Diebstahl in dem Glasbehälter eingefangen wird. Und von dort aus sehe ich zu, wie die Zeit vergeht, das Leben der anderen.

Minuten, Minuten, Minuten.

Ich bin besessen; immer wieder habe ich den Drang, den Zustand der Maschine zu überprüfen, das Gewicht des glitzernden Sandes in dem Behälter oder die rote Zahl auf der Digitalanzeige.

Ständig gehe ich die notierten Zahlen im *Verzeichnis der gestohlenen Zeit* durch.

Kein Arzt kann mich heilen.

Das Einzige, was mich wieder gesund machen könnte, sind die 1.440 Minuten, die ich brauche, um meinen Geburtstag wiederherzustellen.

Erst dann werde ich mich ausruhen können und mich wieder stark und frei fühlen.

Ich bin schon so weit gekommen, dass ich nun nicht mehr aufgeben darf!

Mama ruft mich ins Wohnzimmer. Offensichtlich habe ich Besuch.

Was für eine Überraschung.

Wer ist wohl auf den dummen Gedanken gekommen, mich zu stören? Ich habe überhaupt keine Lust, vom Bett aufzustehen. Mit schleppenden Schritten schleiche ich brummend mit dem Rucksack auf dem Rücken ins Wohnzimmer.

»Es ist Laura«, sagt Mama. »Ihre Eltern waren so nett, sie herzubegleiten.«

Ich merke ihr die Freude darüber an, dass jemand gekommen ist, um mich zu sehen. Denn das ist lange nicht mehr vorgekommen. Und seit einer Weile spiele ich auch nicht mehr alleine.

Ich bin wie erstarrt. Nie hätte ich gedacht, dass Laura es wagen würde, so etwas zu tun, nach dem, was ich zu ihr gesagt habe. Sie ist tatsächlich zu mir nach Hause gekommen!

Zugegebenermaßen freue ich mich darüber. Allerdings verbietet mir mein Stolz, glückliche Luftsprünge zu machen. Denn auch wenn ich sie meine Rache spüren lasse, habe ich sie doch immer noch sehr gern.

»Hallo«, sagt sie schüchtern vom Sofa aus.

Wie üblich sieht sie sehr hübsch aus. Sie trägt eine Jeans, violette Schuhe und einen sehr weiten Pullover, der sie sicher gut warm hält.

Mama ist in die Küche gegangen. Umso besser.

»Was willst du hier?«, frage ich im ernsten Ton des Beleidigten.

Ich begrüße sie nicht. Keine Ahnung, warum ich mich so schlecht benehme. Eigentlich will ich gar nicht unfreundlich sein.

»Du siehst total fertig aus.« Sie blickt mich mit ihren grünen Augen an.

Wie hübsch sie ist. Ich hätte eine hässliche Verräterin vorgezogen.

»Ich weiß, dass ich fertig aussehe«, sage ich.

»Schon eine ganze Weile.«

»Eine ganze Weile?«

»Du siehst schon seit einer ganzen Weile so fertig aus.«

»Vielen Dank«, plötzlich ärgere ich mich über sie. »Bist du gekommen, um mir das zu sagen?«

»Was hast du auf einmal gegen mich? Wir sind doch Freunde …«

Plötzlich verspüre ich den dringenden Wunsch, sie zu bitten, bei mir zu bleiben, mich für ihr Kommen zu bedanken, einen gemeinsamen Spaziergang zu machen.

Einen Spaziergang ohne Rucksack. Ohne den Zeitsauger. Ich kann mich kaum noch daran erinnern, wie es ist, sich zu bewegen, ohne dieses Gewicht auf dem Rücken zu spüren.

Einen Spaziergang in Freiheit. Mit ihr.

Es war immer so schön mit ihr …

Dieses Gefühl ist … Sehnsucht! Ich erkenne es wieder. Es stellt sich oft im Zusammenhang mit angenehmen Erinnerungen ein. Und meistens kommt es dann, wenn man nicht damit rechnet. Genau wie Laura.

Schöne Erinnerungen aus für immer vergangenen Zeiten wecken »Sehnsucht«.

Ja. Ich wäre wirklich gern mit ihr spazieren gegangen. Wie früher. Und genauso gern hätte ich ihr erzählt, was ich tue, denn es gibt nichts Schöneres, als ein Geheimnis zu teilen.

Es ist so lange her, dass ich mich jemandem anvertrauen konnte …

Und ohne Laura geht es mir schlechter, wie mir gerade aufgefallen ist. Plötzlich verstehe ich gar nichts mehr, denn ich vermisse sie mehr als meinen Geburtstag.

Dennoch sind die einzigen Worte, die ich herausbringe:

»Verstell dich nicht, Laura. Du weißt ganz genau, was los ist. Lass mich in Ruhe!«

Sie hat ja noch ihren Geburtstag, flüstert eine böse Stimme in mir. *Ihre Familie war es, die dir deinen weggenommen und dich zu einem Ausgestoßenen gemacht hat. Alles ist ihre Schuld.*

Der Rucksack hat sich noch nie schwerer angefühlt. Es ist, als ob der angesammelte Sand es mir unmöglich machte, weiterzusprechen, meine Worte zu korrigieren.

Sie ist vom Sofa aufgestanden. Traurig sieht sie in mein angespanntes Gesicht.

Wie lange ist es her, dass ich zum letzten Mal gelächelt habe?

Laura sagt nichts. Sie wendet sich Richtung Flur und bittet meine Mama, ihre Eltern anzurufen. Sie will gehen, und ich weiß, dass ich sie nicht aufhalten werde.

Dazu bin ich nicht in der Lage.

Ich habe den Eindruck, dass in diesem Moment der gesamte Sand im Sauger nicht ausreichen würde, um mich aufzuheitern.

So mies fühle ich mich.

DIE VERGÄNGLICHKEIT DES LACHENS

Ich habe beschlossen, noch einmal den Laden der Verbotenen Dinge aufzusuchen, um *Tag 250* zu feiern, den ich gerade in mein *Diebstahl-Verzeichnis* eingetragen habe.

Vielleicht wird Herr Vinicius mich aufheitern. Denn nur mit ihm kann ich über meine geheime Mission reden, die mich zu verschlingen droht.

Ich muss reden, mich jemandem anvertrauen.

Erst jetzt wird mir bewusst, wie einsam ein Minutendieb ist, der keine andere Gesellschaft als die Zeit hat, die er ansammelt.

Herr Vinicius freut sich, mich zu sehen. Wie immer steht er in seinem dunklen Anzug, mit seinem schmalen Schnurrbart und seinem eindringlichen Blick hinter dem Verkaufstresen.

»Wie viele Minuten hast du denn schon, Zehnjähriger?«, fragt er.

Ich nehme den Sauger aus dem Rucksack und stelle ihn auf den Tresen. Herr Vinicius stößt einen anerkennenden Pfiff aus, als er sieht, wie viel Sand sich bereits in dem Behälter befindet.

»Ich hab schon 1.100 Minuten, Herr Vinicius.«

Doch ich habe nicht einmal Lust, stolz darauf zu sein.

»Wow! Das sind ja fast neunzehn Stunden …«

»Die ich in den letzten acht Monaten gestohlen habe«, vollende ich seinen Satz. »Hält sich der Sand in der Maschine auch gut, Herr Vinicius? Nicht dass all das Lachen, das ich angesammelt habe, irgendwie schlecht wird.«

»Na ja, die gestohlenen Minuten sind nicht mehr ganz so frisch, wenn sie nicht innerhalb eines angemessenen Zeitraums verbraucht werden«, gibt er zu.

»Aha.«

Ich fühle mich ein wenig entmutigt.

»Die gestohlenen Minuten«, erklärt er, »sind wie das eingespielte Lachen bei Comedy-Serien, weißt du?«

Nein, das weiß ich nicht.

»Wie meinen Sie das?«

»Lachen ist im Prinzip ansteckend. Doch das eingespielte Lachen verliert, je öfter es gebraucht wird, immer mehr seine Wirkung. Nach einer Weile führt es nur noch zu einem angedeuteten Lächeln, und am Ende ist es leer. Eine leere Hülle des Lachens. Oder wie ein falsches Lachen, das keiner Freude entspringt«, fügt er hinzu. »Dann muss man es durch neues Lachen ersetzen.«

Und etwas »Angedeutetes« sei wie eine unfertige Zeichnung, erklärt er mir.

Ich denke, dass eine unfertige Zeichnung, die nie vollendet wurde, etwas Trauriges hat – fast wie ein Wesen, das nur halb erschaffen wurde. Deshalb scheint »Angedeutetes« mir ein trauriges Wort zu sein. Trotzdem merke ich es mir.

»Das angesammelte Lachen verliert Energie, bis es ausgetauscht werden muss …«, wiederhole ich. »Als wäre das Haltbarkeitsdatum überschritten. Kann Lachen wirklich schlecht werden?«

»Ja, so könnte man es sagen. Tatsächlich wird das eingespielte Lachen sogar gemessen.«

Er beunruhigt mich immer mehr.

»Das heißt, das Glück, das sich über Monate in dem Behälter des Saugers befindet ...«

Ich blicke panisch auf die Maschine.

»Ganz ruhig. Glücksmomente kann man problemlos ein paar Monate aufbewahren. Deine Geburtstagsfeier ist nicht in Gefahr.«

Ich atme wieder ruhiger. Nachdem ich schon so weit gekommen bin, will ich keine unangenehme Überraschung erleben.

Herr Vinicius sieht mich aufmerksam an.

»Ich brauche kein Messgerät, um zu erkennen, dass es dir nicht gut geht.«

Ich senke den Kopf und entgegne leise:

»Ich ... ich hätte nicht gedacht, dass es so anstrengend sein könnte, Zeit zu stehlen. Ich kann nicht mehr, Herr Vinicius.«

»Alles hat seinen Preis, Zehnjähriger. Ich habe gedacht, dass du bereit wärest, ihn zu zahlen.«

Ich habe das Gefühl, immer kleiner zu werden.

»Ja, aber … allmählich fehlt mir die Kraft«, antworte ich leise, »ich hab mich verschätzt.«

Herr Vinicius sieht mich noch immer aufmerksam an. Ich kann regelrecht spüren, wie das Kitzeln seiner Pupillen mich durchdringt.

»Willst du die Sache abbrechen?«, fragt er sanft. »Du kannst mir die Maschine zurückgeben, und wir vergessen das Ganze … Kehr zu deinen ewigen zehn Jahren zurück, bevor es zu spät ist. Ich habe dir die Maschine nicht angeboten, damit du traurig wirst.«

Er weist auf den Ausgang des Geschäfts hinter mir. Die Freiheit.

Herr Vinicius bietet mir an, die Maschine zurückzunehmen.

Ja. Ich könnte darauf eingehen. Und den alltäglichen Frieden wiedererlangen, die Tage nicht mehr zählen zu müssen. Keine Geheimnisse mehr zu haben.

Nachts wieder tief und erholsam schlafen.

Nicht mehr den Rucksack auf dem Rücken spüren.

»Ich …«

Ich betrachte den Sauger, der auf dem Tresen steht. Der glitzernde Sand scheint mir aus dem Glasbehälter zuzuzwinkern.

Ich habe beinahe 19 Stunden angesammelt. Ich bin so kurz vor dem Ziel …

»Ich mache weiter«, sage ich schließlich. »Ich bin so kurz davor. Ich kann jetzt nicht einfach so aufgeben.«

Meine Stimme klingt wieder fest. Und mein Rucksack enthält leider wieder das unverwechselbare Gewicht der Maschine.

GLÜCKLICHES GEMÜSE

Ich bin sehr besorgt. Ausgesprochen besorgt. Denn es wird immer schwieriger, weitere Zeiten des Glücks aufzutreiben. In meinem *Diebstahl-Verzeichnis* steigt die Anzahl der Tage weiter an, die der Minuten jedoch nicht.

Ich versuche alles, bin jedoch nicht erfolgreich.

Außerdem wäre ich zweimal beinahe erwischt worden. In beiden Fällen bin ich gerade noch mal so davongekommen.

Und die Frist läuft ab. Als Herr Vinicius mir den Sauger übergeben hat, standen mir 357 Tage zur Verfügung, und nun ist schon der 336. Tag.

Mittlerweile ist bereits September, und es fehlen nur noch 21 Tage bis zu meinem ehemaligen Geburtstag. (Immerhin bin ich trotz meines gleichbleibenden Alters in die nächste Klasse versetzt worden.)

Mir bleiben noch drei Wochen, und die Leute sind sehr ernst. Im Fernsehen werden nur schlechte Nachrichten gesendet, und meine Schwester hat erneut Probleme in der Schule. Papa hat Ärger auf der Arbeit, und Mama macht sich ununterbrochen Sorgen um mich.

Herrliche Aussichten.

So ist es eindeutig nicht möglich, irgendwo Freude zu finden.

Außerdem werde ich von Mama und Papa derart streng überwacht, dass ich mehrere Gelegenheiten zum Zeitdiebstahl gar nicht nutzen konnte.

Das alles macht es mir sehr, sehr schwer.

Jetzt, da ich so nah am Ziel bin, wird auf einmal alles furchtbar kompliziert!

Der gläserne Behälter der Maschine ist fast voll. Auf der Anzeige sind in Rot meine gesammelten Minuten zu lesen.

Bleiben noch 900 Minuten, die ich stehlen muss.

Plötzlich erscheint mir das viel zu viel. Zum ersten Mal habe ich Angst, mein Ziel nicht zu erreichen.

Zu Hause bin ich so schlecht gelaunt wie noch nie, ich schlafe extrem schlecht, und in der Schule bekomme ich nichts mehr mit. Von Woche zu Woche sehe ich schlechter aus: Ich habe abgenommen, habe dunkle Schatten unter den Augen und bin kränklich und blass. Wenn dieser Albtraum nicht bald vorbei ist, werde ich vor die Hunde gehen.

Ich mache weiter, denn es gibt keinen Weg zurück. Von dieser Geburtstagsfeier hängt mein Leben ab.

Inzwischen steht viel mehr auf dem Spiel als der 6. Oktober. Ich muss mein früheres Leben zurückerobern.

An diesem Tag helfe ich meiner Oma, das Gemüse in unserem Schrebergarten am Stadtrand zu gießen. Ich habe angeboten, sie zu begleiten, da ich dort vielleicht auf ein paar glückliche Minuten stoßen könnte, die es sich zu stehlen lohnt.

Könnt ihr euch vorstellen, wie verzweifelt man sein muss, um sein Glück in einem Gemüsegarten zu suchen? In einem Garten, der von meiner Oma gegossen wird!

Doch plötzlich kommt mir eine Idee:

»Oma!«, beginne ich. »Können Pflanzen glücklich sein?«

»Aber sicher.« Sie hat aufgehört zu gießen und sieht mich mit ihrem grauen Star im Auge an. »Genauso wie wir die Freude eines Menschen wahrnehmen, kann man zum Beispiel spüren, wenn eine Tomate vor Freude platzen könnte.«

Meine Oma weist auf eine sehr dicke Tomate.

»Dieser Tomate kann man ansehen, dass sie aufgeblähte Wangen hat, weil sie mühsam ein Lachen zurückhält«, meint sie mit überzeugter Stimme, »ganz sicher. Deswegen ist sie auch so rot. Früchte und Gemüse durchleben genauso wie wir glückliche und traurige Momente, was hast du denn gedacht? Man muss sie sich doch nur ansehen. Und deshalb muss man sich gut um sie kümmern und sie pflegen.«

Ich bin mir dessen nicht so sicher, will es aber probieren. Denn ich brauche unbedingt weitere glückliche Minuten!

Es ist lange her, dass meine Oma so viel auf einmal geredet hat. Und nun beugt sie sich vor, um einen anderen Bereich des Gartens zu gießen, wo irgendein grünes Gestrüpp wächst, sodass ich nicht weiter darüber nachdenke und die Gelegenheit nutze.

Ich nehme die Maschine aus dem Rucksack, drücke den *Power*-Knopf und richte den Saugkopf auf die dicksten Tomaten.

Sobald das grüne Licht leuchtet, sauge ich ein paar Minuten auf. Nur drei, da ich aufrichtige Zweifel habe, dass die von einer Pflanze gestohlene Zeit für einen menschlichen Geburtstag wirklich geeignet ist (wobei sie sicher besser ist als die Zeit, die volle Windeln und Cola-Glatzköpfe einbringen).

Immerhin ist es besser als nichts, denn eine weitere Gelegenheit wird es heute wohl nicht geben. Und ich weigere mich, eine weitere Null in mein *Diebstahl-Verzeichnis* einzutragen.

Wenn ich nach Hause zurückkehre, will ich unbedingt ein paar Minuten mehr in meinem Behälter haben.

Ich beuge mich vor, um die Tomaten, denen ich die Zeit gestohlen habe, näher zu betrachten. Zu meiner Überraschung haben sie sich tatsächlich verändert: Sie wirken irgendwie nachdenklich und bedrückt.

Als »bedrückt« hat mich Papa vor ein paar Tagen kurz nach dem Aufstehen bezeichnet. Es bedeutet »traurig, mutlos«.

»Bedrückt«, »Kredithai« … Papa muss eine versteckte Sammlung von hässlichen Wörtern haben, die er in letzter Zeit ständig mir gegenüber anwendet.

Plötzlich sondert eine der Tomaten einen Schwall Tomatenmark ab, der mir direkt ins Gesicht spritzt. Pfui. Das ist wohl die Art, wie sich Tomaten seltsam verhalten! Diese hatte mich glattweg angespuckt!

Die rote Brühe tropft von meinem Gesicht, mein Shirt ist voller Flecken, und meine Augen brennen. Ich muss aussehen wie ein Zombie!

Genau in diesem Moment dreht meine Oma sich zu mir um und stößt einen Schrei aus, bevor sie ohnmächtig zwischen das Gemüse fällt.

Das hat mir gerade noch gefehlt!

Wahrscheinlich hat sie gedacht, ich wäre mit Blut überströmt. Dabei hat sie die schlappen (und ziemlich aggressiven) Tomaten doch gar nicht gesehen.

Ich frage mich, was ich ihr sagen soll, wenn sie wieder zu sich kommt.

Dabei ist mir schon klar, wie ihr Kommentar lauten wird: »Was für eine Tragödie!«

DAS GEWICHT DER ZEIT

Tag 340. Mir bleiben noch zwei Wochen, um bis zum 5. Oktober um Mitternacht mein Ziel zu erreichen. Dabei fehlen mir noch fünfhundert Minuten, und nirgendwo ist ein bisschen Glück zu finden! Weder zu Hause noch auf der Straße oder in der Schule.

Ich habe keine Ahnung, warum die Leute auf einmal das Lächeln verlernt haben. Denn in der Zeit, während der ich alles überwache, entdecke ich jede Menge Momente, über die man sich hätte freuen können. Nur leider fallen sie den anderen nicht auf. Wie gern würde ich jemanden um Hilfe bitten, um ein Lächeln betteln. Doch das geht natürlich nicht, damit würde ich mich nur verdächtig machen.

Außerdem wäre es kein echtes Lächeln.

Ich sitze gerade am Rand des Schulhofs und lauere wie ein Greifvogel auf jedes Anzeichen von Freude in meinem Jagdrevier.

Plötzlich kreuzt mein Blick den aus Lauras grünen Augen. Sie steht mit ihren Freundinnen zusammen und beobachtet mich von der anderen Seite des Schulhofs aus. Doch warum sieht sie mich, so, wie ich mich benommen habe, nicht böse an? Was mir lieber gewesen wäre, weil ich mich dann vielleicht weniger schuldig gefühlt hätte.

Denn ich fühle mich schuldig. Und meine Zweifel daran, dass Laura für das, was mir passiert ist, tatsächlich verantwortlich ist, werden immer größer.

Trotzdem beschimpft sie mich nicht und kommt auch nicht auf den Gedanken, mich zu ignorieren.

Nein. Weder das eine noch das andere. Sie sieht mich lediglich traurig an. Ich erkenne den Ausdruck in ihrem Gesicht wieder. Genauso hat sie ausgesehen, als ein Jahr zuvor ihre Hündin Pipa überfahren wurde. Wir hatten sie im Garten begraben, ihr zu Ehren ein paar feierliche Worte gesagt und zusammen drei Tage geweint. Wir hatten sogar die ganze Woche über nur schwarze Trauerkleidung getragen.

Ja, ich kenne diesen Blick. Lauras trauriger Blick sagt alles: Noch ist sie bereit, mir zu verzeihen und so zu tun, als ob nichts geschehen wäre.

Und mir geht es genauso. Ich vermisse ihre Gesellschaft so sehr.

Noch nie habe ich mich so einsam gefühlt.

Eine Geste von mir würde reichen. Laura wartet darauf.

Sie würde darauf reagieren, das spüre ich. Ich will es versuchen.

Doch ich kann nicht. Ich bemühe mich aufzustehen, um zu ihr zu gehen, doch der Rucksack scheint fest im Boden verankert zu sein. Nie hätte ich gedacht, dass Zeit so schwer sein könnte. Sie wiegt eine Menge, vor allem die Zeit, die noch unverbraucht ist.

Der Sauger sammelt Minuten des Glücks, aber es ist tote Zeit, weil niemand sie genossen hat. Diese Maschine zieht mich runter wie die Eisenkugel am Fuß eines Gefangenen. Ich schleppe sie mit mir herum, und sie wird von Tag zu Tag schwerer.

Ich fühle mich angekettet von der Zeit, die ich stehle, bin ein Opfer meiner eigenen Beute wie die Grabräuber in Ägypten, die unter dem Fluch des Pharao gelitten hatten.

Ich muss dieses gefangene Glück befreien.

Werde ich noch zwei Wochen durchhalten?

DAS TRAURIGE KIND

Tag 350. Ich kann kaum glauben, dass ich so weit gekommen bin.

Und ich bin noch am Leben.

1.400 gestohlene Minuten.

Und mir bleibt noch eine Woche Zeit.

Mein Geburtstag ist zum Greifen nah. Nur noch sieben Tage! Nur noch 40 Minuten, und mein Traum wird wahr.

Ich kann es schaffen. Nur noch 40 Minuten.

Noch einmal gehe ich in den Laden der Verbotenen Dinge, um mich zu versichern, dass Herr Vinicius noch auf meiner Seite ist.

Er ist der einzige Mensch, mit dem ich über mein Geheimnis reden kann.

»Inzwischen spüre ich nicht mal mehr Sehnsucht«, beklage ich mich bei ihm. »Anders als vorher. Ich bin zu einer Rechen- und Überwachungsmaschine geworden.« (Einer ziemlich kleinen natürlich.)

Dabei hatte es mir gefallen, Sehnsucht zu haben, dieses Kribbeln zu spüren, wenn man sich an etwas Schönes erinnert.

Herr Vinicius nickt.

»Du spürst keine Sehnsucht mehr? Das ist eine Folge davon, dass du andere bestohlen hast«, sagt er. »Es ist logisch, dass du darunter leidest. Vergiss nicht, dass das Privileg, Zeit zu besitzen, gewisse Folgen hat.«

Ich schweige eine Weile.

»Ich bin selbst dafür verantwortlich?«, frage ich schließlich verständnislos.

Herr Vinicius fährt mir durchs Haar.

»Ach diese unschuldigen Kinder! Was hast du denn gedacht, was passiert, wenn du anderen Leuten ihre glücklichen Momente stiehlst? Du hast diesen Menschen einen Teil ihrer glücklichen Erinnerungen genommen. Und sie werden sie nie zurückerhalten.«

Das heißt also, dass ich ihnen auch die »Sehnsucht« geraubt habe. Na ja. Dabei hatte ich gedacht, dass Herrn Vinicius' Gesellschaft mir helfen würde, neue Energie zu tanken. Und nun stürzen seine Worte mich noch tiefer ins Unglück.

»Das … das habe ich nicht gewusst … Ich hätte nicht gedacht, dass der Preis dafür, diese Zeit zu besitzen, so hoch sein könnte.«

»Es ist so, dass es dir nichts ausgemacht hat«, korrigiert Herr Vinicius mich. »Nichts auf der Welt war dir so wichtig, wie deinen Geburtstag zurückzubekommen. Diese feste Überzeugung hat mich dazu bewogen, dir den Zeitsauger zu zeigen. Inzwischen bezweifle ich, dass das eine gute Idee war.«

Auch ich habe daran meine Zweifel. Obwohl ich noch immer von der Möglichkeit besessen bin, wieder Geburtstag feiern zu können. Wenn mir das gelingen würde, würde es ein spektakuläres Ereignis werden!

Und das ist das Einzige, was zählt, oder?

All die Mühe in den letzten Monaten hat sich gelohnt. Alles! Dessen bin ich mir sicher. Und meine Opfer werden wieder neue gute Erinnerungen haben. Deshalb ist das, was ich getan habe, gar nicht so schlimm.

Ich denke, dass ich nur gerade ein Tief habe, das ich überwinden würde.

»Das Problem ist, dass es immer schwieriger wird, glückliche Momente zu finden«, rechtfertige ich mich. »Viele Leute sind so verbittert, und ich weiß nicht, warum!«

Herr Vinicius lässt sich von meinen Worten nicht überzeugen:

»Ist dir aufgefallen, wie leicht es am Anfang gewesen wäre, dir selbst Zeit zu stehlen? Damals warst du ein glückliches Kind. Das habe ich gleich gemerkt, als ich dich kennengelernt habe. Damals gab es in deinem Leben jede Menge freudige Minuten.«

»Damals hatte ich auch noch meinen Geburtstag«, verteidige ich mich.

Meine Antwort ist ziemlich heftig gewesen.

»Als du zu mir in den Laden kamst, nicht, Zehnjähriger. Zu der Zeit hatten sie den 6. Oktober schon aus dem Kalender entfernt. Und trotzdem warst du bei Weitem nicht so traurig wie heute. Du warst wütend und beleidigt, aber längst nicht so trübsinnig wie jetzt. Damals konntest du noch lächeln.«

Ich weiß nicht, was ich darauf sagen soll, denn es stimmt. Ich bin nicht mehr ich selbst. Nun wäre es kaum mehr möglich, mir selbst einen Moment des Glücks zu stehlen, denn ich bin ein tieftrauriges Kind geworden.

Ich habe das Gefühl, dass ich, um einen Tag wiederzubekommen, Hunderte habe opfern müssen. Was für ein schlechtes Geschäft!

Als ich den Laden verlasse, bin ich richtig sauer auf Herrn Vinicius. Wieso kommt er erst jetzt mit diesen Dingen? Dafür ist es nun zu spät! Wenn es mir tatsächlich gelingt, meinen Geburtstag zu feiern, ist alles wieder in Ordnung, sage ich mir. Dann werde ich wieder der sein, der ich war! Ich bin einfach fertig mit den Nerven, deswegen bin ich auf einmal so unsicher.

Das Einzige, was jetzt wichtig ist, ist, noch weitere 40 Minuten Glück aufzutreiben.

2.400 Sekunden.

In weniger als einer Woche …

Zu Hause erinnert der verbotene Kalender, den ich in einer Schublade aufbewahre, mich daran, wie wunderbar es war, als es noch einen 6. Oktober gab.

Daran hatte ich all die Monate über immer wieder gedacht.

Und jetzt, kurz vor dem Ziel, sehne ich mich auf einmal nach meinem früheren Leben zurück. Dabei bin ich glücklich, ich merke es nur nicht.

Mein derzeitiges Leben gefällt mir nicht. Meine geheime Mission hat an Reiz verloren, und das wirkt sich auf meine ganze Umgebung aus.

Ich lasse mich davon mitreißen.

Ständig bin ich so ernst. So bin ich vorher nicht gewesen!

Meine Oma hat mich heute angesehen und gesagt: »Was für eine Tragödie!«

Das ist ein ganz schlechtes Zeichen.

Unterdessen wird meine Erschöpfung immer stärker. Jeden Morgen fällt es mir schwerer, aus dem Bett aufzustehen.

Die Vitamine, die der Arzt mir verschrieben hat, zeigen keine Wirkung. Was ich eh schon befürchtet hatte. (Und jetzt wollen sie, dass ich zum Psychologen gehe.)

NUR NOCH ZWANZIG MINUTEN

Tag 354.

Noch 20 Minuten, dann habe ich endlich die 1.440 Minuten zusammen, von denen ich seit so vielen Monaten träume.

Mir fehlen nur noch 20 glückliche Minuten, und dann habe ich wieder einen Geburtstag. Einen kompletten, angemessenen Geburtstag. Und ein neues Alter.

Nur noch 20 Minuten.

1.200 Sekunden.

Und dafür bleiben mir noch drei Tage, an denen ich auf die Jagd gehen kann.

Nun habe ich es bis hierher geschafft. Habe das Ziel vor Augen. Kann es beinahe berühren.

Ich würde es schaffen.

Nichts und niemand kann mich mehr davon abhalten.

Meine Nerven sind zum Zerreißen gespannt. Seit zwei Nächten habe ich nicht mehr geschlafen, sondern nur daran gedacht, wie ich meine Geburtstagsfeier organisieren sollte.

24 Stunden reines Glück zur Verfügung zu haben ist eine große Verantwortung!

Trotz allem würde es der beste Geburtstag auf der ganzen Welt werden. *So musste es sein.*

Um mir selbst zu beweisen, dass meine Lage gar nicht so schlecht ist, beschließe ich, einen grundlegenden Schritt zu tun: Heute in der Schule werde ich mich mit Laura wieder vertragen.

Sie hat es verdient, und mir wird es auch guttun. Dann kann ich sie auch gleich zu meinem Geburtstag einladen. Ich will, dass sie kommt. Dann wird alles perfekt sein.

Ich suche sie in den Gängen und strecke den Kopf in ihr Klassenzimmer. Lieber will ich mich beeilen, falls mir später doch Zweifel kommen. Ich will nichts bereuen müssen.

Doch ich finde sie nicht.

Wo kann sie stecken? In der Mädchentoilette?

Ich frage ihre Freundinnen.

»Sie ist heute nicht in der Schule«, antwortet eine von ihnen, ohne mir weiter Beachtung zu schenken.

Ich kann es nicht glauben. Ausgerechnet an dem Tag, an dem ich mich bei Laura entschuldigen will, ist sie nicht da!

Ich beschließe, dass mich nichts aufhalten wird.

In diesem Jahr wird es wieder einen 6. Oktober geben. Und ich werde wie alle anderen meinen Geburtstag feiern. Einen Geburtstag, den niemand jemals vergessen wird.

KEIN WEG ZURÜCK

Tag 355.

Gestern habe ich zwar nicht mit Laura reden können, dafür ist es mir aber gelungen, im Einkaufszentrum fünf Minuten zu stehlen. Ich war gerade mit meiner Mutter unterwegs, als wir zufällig mitbekamen, wie ein Vater seinen kleinen Sohn wiederfand, den er verloren hatte. Was für eine Aufregung! Die Freude der beiden war daran zu erkennen, wie fest sie sich umarmten. Wie gern würde ich auf meiner Geburtstagsfeier dieses strahlende Glück erleben!

Es gelang mir, den Zeitsauger zu aktivieren, ohne ihn aus dem Rucksack zu nehmen, und dann stahl ich den beiden ein paar Minuten von ihrer glücklichen Erleichterung, während Mama sich ein Schaufenster ansah. Trotz meines schwächlichen Aussehens beherrsche ich den Zeitdiebstahl inzwischen so gut wie ein Kriegsreporter auf der Jagd nach dem perfekten Moment. Nur dass ich das Ergebnis in einem Glasbehälter aufbewahre und nicht in einer Kamera.

Ich stahl ihnen fünf Minuten (und die einzige seltsame Reaktion, die mir auffiel, war, dass ein Mann, der in ihrer Nähe gestanden hatte, versuchte, die Rolltreppe in die Gegenrichtung zu nehmen).

Vater und Sohn verloren etwas von ihrer zärtlichen Innigkeit, und Mama bekam rein gar nichts mit. Und zum ersten Mal hatte ich Gewissensbisse.

Denn sicher waren die beiden ganz außer sich gewesen vor Angst, als sie sich im Gewühl verloren hatten, und verdienten eigentlich jede Sekunde ihrer Wiedersehensfreude, die ich ihnen heimlich wegnahm.

Ich bin ein Dieb. Wieso überrascht mich nach all der Zeit plötzlich dieses Schuldgefühl?

Was ist los mit mir?

Zuvor hat es mich doch auch nicht gekümmert, dass das Glück, das ich sammle, nicht meines ist.

Ich beginne mir Gedanken darüber zu machen, ob sich die ganze Mühe für mich wirklich lohnt.

Komischerweise beschleicht mich immer öfter der Verdacht, dass es mich nicht glücklich machen wird, wenn ich anderen ihr Glück stehle.

Es macht mich unglücklich.

Und nun, da das Ergebnis meiner Bemühungen so kurz bevorsteht, bekomme ich Angst.

Angst, nicht das Richtige getan zu haben.

Meine einzige Hoffnung ist der wiederhergestellte 6. Oktober. Bis dahin sind es nur noch zwei Tage. Für Grübeleien ist es sowieso zu spät. Wie es in den Actionfilmen immer heißt: »Es gibt kein Zurück mehr.«

Mir bleiben noch zwei Tage für die letzten 15 Minuten. Und dann habe ich alle Minuten für meinen Geburtstag gesammelt. Darauf muss ich mich konzentrieren.

Dann ist endlich alles vorbei, und diese seltsamen Gedanken werden auch verschwinden! Dann werde ich wieder der Alte sein, und all das hat keine Bedeutung mehr!

Ich werde wieder mit Laura spielen.

Und frei sein.

Meine Klassenkameraden werden mich bewundern, zu mir kommen, mir nachlaufen. Und ich werde vor Stolz strahlen, mit glänzenden Augen, so wie jetzt der Sand in meiner Maschine glänzt.

Während ich neben meiner Mutter hergehe, achte ich auf alles, was um mich herum geschieht. Ich habe das Leben zu schätzen gelernt, das sich hinter der Zeit verbirgt: alte Menschen, die so viele Erinnerungen haben; Insekten, deren Lebenszeit in Minuten und Stunden gemessen wird; Blumen und die alten Bäume mit den dicken Stämmen, deren Jahresringe von Jahrhunderten zeugen.

Alles dreht sich um die Zeit.

Noch 15 Minuten.

Das Einzige, was ich will, ist eine Viertelstunde Glück.

Und wieder in Lauras grüne Augen zu sehen.

LAURAS BEUNRUHIGENDES FEHLEN

Tag 356.

Es ist der 5. Oktober.

Nun ist es fast ein Jahr her, dass Herr Vinicius mir den Zeitsauger angeboten hat. Dabei scheint es mir, als wäre seit damals ein Jahrhundert vergangen. Oder zwei.

Wahrscheinlich bin ich der älteste Zehnjährige auf der Welt (was mir sowieso bevorsteht, wenn es mir nicht gelingt, ein Jahr älter zu werden). Ich bin noch wackliger auf den Beinen als meine Oma – von der ich immer gedacht habe, sie wäre schon so klapprig geboren worden.

356 Tage des täglichen Kampfs, des Diebstahls und strategischen Planens. Tage voller Schrecken und voller Erfolge.

Der Behälter mit dem glitzernden Sand ist beinahe voll.

Heute um Mitternacht ist es so weit. Jedes Mal, wenn ich daran denke, ist mein Magen wie zugeschnürt, und ich verspüre den Drang, auf die Toilette zu gehen.

Elf Jahre. Ich werde elf Jahre alt. Wie gut das klingt!

Wenn es sein muss, stehle ich noch mal ein wenig vegetarische Zeit. Ich habe im Garten bereits ein paar Früchte ausgemacht, die sehr glücklich wirken. Nur falls sich gar keine andere Gelegenheit bietet.

Noch immer kann alles Mögliche passieren. Wenn ich Pech habe und keine glücklichen Minuten mehr auftreibe, stürze ich in den Abgrund.

Und trotzdem mache ich mich erneut auf die Suche nach Laura. Ohne sie zu finden.

Für einen Moment denke ich nicht an den Rucksack auf meinem Rücken und gehe wieder zu ihren Freundinnen hinüber, die in einer Ecke des Schulhofs stehen und sehr ernst wirken.

»Wo ist denn Laura?«, frage ich sie.

Sie sehen sich gegenseitig an. Tuscheln miteinander.

»Hast du es denn noch nicht gehört?«, fragt mich die Größte von ihnen, die Teresa heißt.

Sie hat dunkles Haar, ein rundes Gesicht und trägt sehr hübsche herzförmige silberne Ohrringe.

»Was denn?«

»Du hast es also wirklich noch nicht gehört«, stellt Inés fest, die wegen ihrer stets halb geschlossenen Augen von allen nur »die Chinesin« genannt wird.

Sie tuscheln erneut. Die Dritte im Bunde ist ein etwas fülligeres Mädchen, das im Chor singt. Sie trägt ein Kopftuch und kann wunderbar tanzen. Ihr Name ist Zuleima, und sie kommt aus Marokko.

Ich habe genug von der Geheimniskrämerei. Und ich weiß, dass es zusammen mit Laura ein Leichtes sein würde, ein paar glückliche Minuten zu finden. Wenn ich nur daran denke, fühle ich mich schon viel besser als seit Monaten!

Ich muss sie finden.

»Sagt ihr es mir nun, oder nicht?«, sage ich.

»Und seit wann interessierst du dich wieder für Laura?«, fragt Zuleima. »Du hast sie doch die ganze Zeit nicht beachtet.«

»Jetzt sagt mir endlich, was los ist. Bitte«, flehe ich.

»Jetzt ist es wohl zu spät«, erklärt Teresa unwillig.

Ich verstehe nicht, was sie meint, aber es hört sich nicht gut an. Plötzlich fällt mir auf, dass in der Schule eine ganz andere Stimmung herrscht. Es ist viel leiser, und es wird weniger gespielt. Viele der Kinder stehen in Gruppen zusammen und reden, und die Lehrer machen besorgte Gesichter. Teresa hat angefangen zu weinen.

Irgendetwas Seltsames ist hier im Gange. Etwas Seltsames, was mit Laura zu tun hat.

»Laura ist krank«, sagt Inés mit den halb geschlossenen Augen schließlich.

»Krank.« Ich kenne die Bedeutung dieses Wortes.

Krankheit: Zustand, in dem ein Mensch, ein Tier oder eine Pflanze nicht gesund ist und sich unwohl fühlt.

Mein Gesicht wird weiß wie ein Laken.

»Krank?«, wiederhole ich. »Aber was hat sie denn?«

Ich hoffe, dass es sich nur um eine Erkältung handelt, ein bisschen Fieber, eine Grippe vielleicht.

»Sie stirbt, Edu!«, schleudert Teresa mir da entgegen. »Sie wird nie wieder zur Schule kommen, verstehst du?«

Sie hat nicht vor, es mir leicht zu machen, und ich weiß nicht, wie ich reagieren soll.

Wie reagiert man auf eine solche Nachricht?

Teresa hat mir gerade gesagt, dass ich Laura nie wiedersehen werde. Das ist ihre Art, mich dafür zu strafen, dass ich Laura so schlecht behandelt habe. Sie starrt mich böse an.

Dann fallen die Mädchen sich in die Arme, und ich stehe da, wie zur Salzsäule erstarrt.

Ich weigere mich, es zu glauben. Vor ein paar Tagen hat Laura doch noch ganz normal ausgesehen … Ihre grünen Augen waren voller Leben. Sie hatte auf mich gewartet.

Sie wird mir verzeihen.

»Ihr lügt doch!«, schreie ich mit meiner Piepsstimme. »Das ist überhaupt nicht lustig! Sagt mir jetzt, wo sie ist!«

Laura hat doch noch ihren Geburtstag. Das muss sie doch nutzen und noch viel älter werden. Sie kann doch nicht mit zehn Jahren sterben. Nicht sie. Das ist unmöglich. Und außerdem muss sie noch zu der besten Geburtstagsfeier in der Geschichte kommen: meiner!

»Laura! Laura!« Ich stehe auf dem Pausenhof und rufe nach ihr, sodass sich alle nach mir umdrehen.

Sie würde mir niemals einen so üblen Streich spielen!

Ich drehe mich um mich selbst, rufe in alle Richtungen. Doch niemand antwortet mir. Laura ist nicht da.

»Sie hat eine sehr seltene Krankheit.« Nun ist Teresa nicht mehr wütend. »Wirklich, Edu. Wie kommt es, dass du es noch nicht mitbekommen hast? Alle reden darüber …«

Ich habe es nicht mitbekommen, weil ich seit Monaten meinen eigenen Kampf ausfechte. Ich habe es nicht mitbekommen, weil ich das dümmste Kind der Welt bin.

»So schlimm … so schlimm ist diese Krankheit?«, stammele ich schließlich, und mir wird ganz schlecht vor Angst.

»Das Problem ist, dass es die einzige Medizin, die sie wieder gesund machen könnte, nur im Ausland gibt. Gerade heute konnte das Labor ausgemacht werden, das dieses Medikament hat, aber es dauert einen ganzen Tag, um es herzustellen und zu schicken.«

»Dann wird sie also doch wieder gesund!«

»Wie es aussieht, wird das Medikament nicht früh genug hier sein.« Zuleima beginnt zu weinen. »Die Ärzte sagen, dass Laura die Nacht nicht überstehen wird.«

Ich werde noch blasser und kann nicht mehr denken.

Und dann laufe ich davon. Weg von allem, von allen. Ich renne aus der Schule, durch das große Tor, ohne mich von irgendwem zu verabschieden, und so plötzlich, dass auch der Hausmeister mich nicht aufhalten kann.

Ich flüchte, ohne zu wissen, wohin.

DIE BOTSCHAFT DER CHEOPS-PYRAMIDE

Herr Vinicius reicht mir ein Papiertaschentuch über den Verkaufstresen, damit ich mir die Tränen abwischen kann. Am Ende meiner Flucht bin ich bei ihm im Laden gelandet.

»Entschuldigung«, sage ich schluchzend. »Ich wusste nicht, wohin.«

Meine Nase läuft. Und mir ist kalt. Doch es ist eine Kälte, die nichts mit der Temperatur zu tun hat. Die Kälte des Schmerzes, die durchdringend ist wie Feuchtigkeit. Sie zieht bis in die Knochen.

»Du musst dich nicht entschuldigen.« Seine dunkle Stimme umfängt mich. »Das hast du gut gemacht.«

Herr Vinicius sieht mich aufmerksam an. Ich habe ihm von Laura erzählt und davon, was mit ihr passiert ist.

»Du hast dich diesem Mädchen gegenüber ziemlich mies verhalten, Zehnjähriger«, meint er dann. »Laura hat keine Schuld an der Abschaffung des 6. Oktobers. Das war sehr ungerecht von dir.«

Ich blicke zu Boden. Wie sehr ich es bereue …

»Ich weiß«, gebe ich zu. »Deshalb hab ich sie ja gesucht. Um mich zu entschuldigen.«

»Damit hast du dir aber ziemlich viel Zeit gelassen.«

Zu viel Zeit. Das weiß ich jetzt.

»Diese Zeitdiebstähle haben all meine Zeit beansprucht … Ich habe überhaupt nicht gemerkt, was passiert ist. Seit Monaten habe ich nur noch auf irgendwelche Minuten geachtet und an nichts anderes mehr gedacht.«

Nun habe ich endgültig meine Grenze erreicht. Ich bin kurz davor aufzugeben.

»Du hast nur das gesehen, was du sehen wolltest.« Herr Vinicius streicht sich über den Schnurrbart. »Das ist wirklich paradox. Tatsächlich hat der Minutendiebstahl dich mehr Zeit gekostet als deine Opfer.«

Ich könnte jetzt fragen, was »paradox« bedeutet, aber mir steht gerade nicht der Sinn danach, neue Wörter zu lernen.

Ich blicke auf und sehe in den Spiegel, der im Geschäft hängt. Bei meinem Anblick schrecke ich entsetzt zusammen. Meine Augen liegen tief in den Höhlen und sind von dunklen Schatten umgeben. Was ich sehe, ist ein zutiefst unglückliches Kind.

Ja, das bin ich tatsächlich: ein zutiefst unglückliches Kind, das die glückliche Zeit von anderen hortet. Ein uraltes Kind.

»Ich weiß gar nicht mehr, wer ich bin, Herr Vinicius«, gestehe ich. »Ich erkenne mich selbst nicht wieder. Und ich kann mich nicht mal darüber freuen, meinen Geburtstag vollständig wiederzuhaben, denn mir fehlen noch 15 glückliche Minuten, und ich habe einfach keine Kraft mehr. Die kann ich vor Mitternacht unmöglich noch irgendwo stehlen!«

Was für eine Tragödie!

Ich habe den Blick wieder auf die Straße gerichtet. Auch wenn ich mich dafür schäme, habe ich unmerklich wieder damit begonnen, mich nach Minuten des Glücks umzusehen, aufmerksam das zu begutachten, was um mich herum geschieht.

Ich kann schon gar nicht mehr anders.

Nicht einmal Lauras Krankheit kann mich bremsen. Es fehlt nur noch so wenig, um meinen ewigen zehn Jahren zu entkommen … Das Mitleid, das ich für meine Freundin empfinde, wechselt sich mit der Unruhe ab, die mich erneut befallen hat. Es ist, als ob beides in meinem Kopf gegeneinander kämpfte.

Mein Kopf wird gleich platzen!

»Es ist elf Uhr morgens«, stellt Herr Vinicius fest. »Du hast noch dreizehn Stunden, um die fehlenden Minuten zusammenzubekommen, Zehnjähriger. Du kannst es noch schaffen.«

Im Grunde weiß ich das. Inzwischen beschäftige ich mich schon so lange mit nichts anderem als meiner geheimen Mission, dass mein Herz im Takt eines Sekundenzeigers schlägt.

Ich muss eine Entscheidung treffen. Jetzt.

Hier, im Laden der Verbotenen Dinge, werde ich das, was ich suche, nicht finden, hier gibt es keine glückliche Zeit zu kaufen. Schließlich ist es gesetzlich durchaus erlaubt, glücklich zu sein, und Herr Vinicius hat nur verbotene Dinge im Angebot.

Ja, glücklich zu sein, ist nicht verboten, wobei die Menschen diese Freiheit nicht wirklich nutzen. Wenn man überlegt, wie selten die Leute lächeln. Und ich? Ich lächle nie.

»Aber warum muss Laura sterben?«, klage ich. »Ich will doch morgen mit ihr meinen Geburtstag feiern und dass wir wieder Freunde sind …«

Ohne Laura wird es nicht dasselbe sein. Ohne sie verliert meine Party an Glanz. Zumindest für mich. Darüber können mich die angesammelten Glücksminuten nicht hinwegtäuschen. Und mit einem Mal wird mir klar, dass ich nicht bereit bin, meine beste Freundin aufzugeben. Jetzt erst recht nicht.

»Man kann nicht alles haben, mein Kind«, entgegnet Herr Vinicius. »Vergiss nicht, dass man im Leben immer seine Wahl treffen muss.«

Ich sehe nicht, dass ich irgendeine Wahl habe.

»Ob ich die fehlenden Minuten noch stehlen kann oder nicht, wird an Lauras Tod nichts ändern.«

Herr Vinicius trommelt mit den Fingern auf den Verkaufstresen.

»Und das lässt dich daran zweifeln, ob du deine geheime Mission erfüllen sollst oder nicht?«

»Nein, aber …«

»Ausgerechnet jetzt, so kurz vor dem Ziel, willst du das Handtuch werfen?« Sein Blick durchbohrt mich. »Und all die Mühe, die du dir gemacht hast? Dann war all das ja völlig umsonst …«

»Ich habe keine Kraft mehr«, sage ich. »Und Laura wird sowieso nicht zu meiner Geburtstagsfeier kommen können. Denn dann … wird sie schon tot sein.«

Tot.

»Es tut mir leid für dich, dass du so traurig bist.« Herr Vinicius zuckt mit den Schultern. »Das mit deiner Freundin ist wirklich schlimm, ja. Aber das Wichtigste ist doch, dass du die 1.440 Minuten zusammenbekommst, um nicht dein Leben lang zehn

Jahre alt zu sein, oder nicht? Dann ist morgen dein elfter Geburtstag! Dann wird es den 6. Oktober wieder geben, und du würdest dein Schicksal besiegen!«

Ich weiß nicht, ob dieser Sieg für mich noch von Bedeutung ist. Was wird es mir bringen, ein Jahr älter zu werden, wenn ich weiterhin traurig sein werde?

Wenn ich elf Jahre alt werde, wird das Laura nicht retten. Sie wird niemals mehr Geburtstag haben und für immer das Mädchen sein, das ich in den letzten Monaten ihres Lebens im Stich gelassen habe. Ich, der egoistische Junge, der sie verstoßen hat, als sie mich am meisten brauchte.

Ein Jahr älter zu werden würde auch mich nicht retten. Ich habe mir selbst etwas vorgemacht. Ich habe verloren, so oder so.

Ich hebe den Blick und sehe Herrn Vinicius direkt in die Augen.

»Stellen Sie mich auf die Probe?«, frage ich.

Herr Vinicius schüttelt den Kopf.

»Ich habe mich einfach geirrt«, gibt er dann zu. »Ich wollte für Gerechtigkeit sorgen, dir helfen. Aber es war ein Irrtum. Niemand ist auf das vorbereitet, was geschieht, wenn die Zeit manipuliert wird. Es ist zu gefährlich. Ich werde den Zeitsauger niemals mehr hervorholen.«

»Nicht Sie haben sich geirrt. Ich trage die Schuld. Ich bin nicht in der Lage, die Maschine richtig einzusetzen. Ich bin ihr nicht gewachsen.«

So klein und hilflos habe ich mich lange nicht mehr gefühlt.

Herr Vinicius schweigt, während er über die Enden seines Schnurrbarts streicht. Dann tritt er hinter dem Verkaufstresen hervor. Es ist das zweite Mal, dass er seinen Zufluchtsort verlässt. Und das Geschäft ist so klein, dass er nun direkt vor mir steht. Er beugt sich herunter und legt mir die Hände auf die Schultern.

»Ich bin es, der dir vorgeschlagen hat, den Zeitsauger für deine Zwecke zu missbrauchen«, sagt er leise. »Ich habe dich verführt.«

»Zu missbrauchen?«

Er nickt. Sein Blick wirkt abwesend. Er richtet sich wieder auf und blickt durch das Schaufenster auf die Straße.

»Es ist falsch, wenn das ganze Glück nur einem Menschen zugutekommt«, sagt er langsam. »Man muss das Glück teilen, es muss weitergegeben werden wie ein Topf, der so heiß ist, dass man ihn nicht lange festhalten kann. Das Normale ist es doch, die Freude, die andere uns machen, zurückzugeben, und nicht, sie zu konservieren und aufzubewahren. Wir alle sind Spiegel der Freude, und zwar so, dass ein Lachen, das auf der Halbinsel Kamtschatka zu hören ist, bis zum Kap Finisterre schallt. So funktioniert das Ganze.«

Ich verstehe, was er meint. Deshalb wird der Sand im Sauger immer schwerer.

Wie blind ich doch war!

»Ich hatte nicht das Recht, diese Minuten des Glücks zu stehlen«, sage ich mit heiserer Stimme. »Aber ich habe es nicht in böser Absicht getan. Ich wollte doch nur den besten Geburtstag auf der ganzen Welt …«

Ich breche in Tränen aus. Herr Vinicius reicht mir ein neues Taschentuch, das wesentlich saugfähiger ist als das erste.

»Dieses Taschentuch ist ein Modell, das verboten ist«, erklärt er mir dann. »Denn es ist so saugfähig, dass, als vor ein paar Jahren mal eins in einen See fiel, dieser in wenigen Stunden komplett ausgetrocknet ist. Beeindruckend, nicht? Deshalb ist sein Gebrauch verboten. Stell dir mal vor, jemand nimmt so ein Taschentuch und wringt es aus … Die Niagarafälle sind nichts dagegen!«

Herrn Vinicius gelingt es tatsächlich, mich zum Lächeln zu bringen (und das ist unter den gegebenen Umständen wirklich eine Leistung). Dann erzählt er mir eine kleine Geschichte:

Vor vielen Jahren sorgte einmal ein chinesischer Junge für großen Ärger, weil er in die Cheops-Pyramide den Satz Wang Siang war hier *eingeritzt hatte. Dabei war das eigentlich gar kein Grund zur Aufregung, denn der kleine chinesische Junge hatte auch nichts anderes getan als der große Pharao. Denn letztendlich ist die Pyramide nichts anderes als eine riesige Beschriftung der Erdoberfläche, die besagt:* Pharao Cheops war hier. *Eine Beschriftung, die man sogar vom Mond aus sehen kann.*

Doch wenn man sich dem Ende seines Lebens nähert, wird einem bewusst, dass das eigentlich

Wichtige etwas anderes ist: eine Spur auf der Erde zu hinterlassen, die nicht aus Stein ist und kein Gewicht hat.

Es kommt auch nicht darauf an, wie alt man geworden ist oder wie viele Feste man gefeiert hat. Nein. Wenn man den Schatten des Todes bereits erahnen kann, blickt man zurück, sieht sich um und erkennt, dass die wichtigste aller Fragen ist: »Wie viele Menschen habe ich glücklich gemacht?«

Es gab Kinder, die mit drei Jahren gestorben sind, jedoch wegen ihrer Fröhlichkeit viel wichtiger für die Welt waren als so mancher Greis, der nach einem langen Leben voller Bitterkeit mit neunzig Jahren zu Grabe getragen wurde. Es gab Kinder, die mit drei Jahren gestorben sind und durch ihre Fröhlichkeit und die Freude, die sie den Menschen brachten, wichtiger für die Welt waren als der große Pharao Cheops.

Das, was Herr Vinicius mir erzählt, beeindruckt mich sehr. Ich höre ihm mit offenem Mund zu. So also funktioniert die Welt der Erwachsenen?

Herr Vinicius schaut auf die Uhr.

»Es ist genau zwölf Uhr«, verkündet er und schließt damit seine Lektion über das Leben ab. »Dir bleiben noch zwölf Stunden bis zum Ende der Frist, in der du deinen Geburtstag wiederherstellen kannst, Zehnjähriger. Es wird Zeit, eine Entscheidung zu treffen: Wirst du auf die Jagd nach den letzten Minuten gehen, die dir noch fehlen, oder nicht?«

Eine lange Weile bleibt es ganz still im Laden der Verbotenen Dinge.

Ich muss wieder in den Kampf zurückkehren. Nun lässt es sich nicht weiter hinauszögern. Der Laden ist für eine Weile ein Zufluchtsort gewesen. Aber ich kann nicht auf Dauer hier bleiben. Das Leben wartet draußen.

Was soll ich tun?

Wenn ich es noch schaffe, die fehlenden fünfzehn Minuten aufzutreiben, wäre die ganze Mühe der vergangenen Monate nicht umsonst gewesen. Meine Schulkameraden wären tief beeindruckt, und ich könnte an meinem Geburtstag elf Jahre alt werden.

Allerdings scheint mir all das kein Grund zur Freude zu sein, denn nichts davon wird

Laura wieder lebendig machen. So einfach ist das.

Was bringt mir ein neues Lebensjahr, wenn ich es nicht zusammen mit ihr verbringen kann, wenn wir nicht gemeinsam lachen und miteinander reden können?

Doch auf einmal kommt mir eine Idee.

Die Idee überhaupt!

Mein Blick wird fest. Meine Tränen trocknen. Ich fühle mich gut, viel sicherer. Es ist, als ob mein Kopf plötzlich fester auf meinem Hals säße. Ich sehe den Angestellten des Ladens der Verbotenen Dinge entschlossen an.

»Herr Vinicius«, beginne ich, während ich ihm das verbotene Taschentuch wiedergebe. »Ich werde Ihnen den Zeitsauger jetzt noch nicht zurückgeben, sondern die Frist voll ausschöpfen.«

Er mustert mich eindringlich, versucht zu ergründen, was mir durch den Kopf geht. Diese plötzliche Veränderung macht ihn neugierig.

»Das heißt, du gibst nicht auf? Du wirst um die letzten fünfzehn Minuten, die dir noch fehlen, kämpfen?«

»Ich werde bis zum Schluss dafür kämpfen, das, was ich hatte, zurückzubekommen«, antworte ich ohne weitere Erklärungen.

Es ist toll, so »mysteriös« zu sein.

WEINENDE HÄUSER

Ich verlasse den Laden der Verbotenen Dinge, und kaum bin ich auf der Straße, beginne ich zu rennen. Meine Hände sind fest um die Gurte des Rucksacks geschlossen.

Auf einmal kommt mir der Sauger viel leichter vor. Und mir ist auch nicht mehr kalt.

Ich fühle mich gut. Beunruhigt, aber gut. Zum ersten Mal seit vielen Monaten achte ich nicht auf die Zeit, die mich umgibt: die Minuten der anderen. Zum ersten Mal bin ich beflügelt von der Idee, die mich antreibt. Ich habe eine neue geheime Mission.

Ich habe wieder Hoffnung.

Ich lächele!

Diese glücklichen Minuten könnte ich mir selbst stehlen, um mich an meinem Geburtstag an dem Gefühl zu erfreuen. Doch dazu habe ich es zu eilig.

Auf dem Gehsteig bleibe ich abrupt stehen. Ich muss vorsichtig sein, denn mir ist eingefallen, dass ich wahrscheinlich gesucht werde.

Schließlich bin ich aus der Schule weggerannt! Sicher haben die Lehrer meinen Eltern schon Bescheid gesagt. Das könnte unangenehm werden ...

Es tut mir leid, Mama und Papa so zu erschrecken, aber bei meiner Mission geht es um Leben und Tod. Ich kann nicht warten. Hoffentlich werden sie es verstehen, wenn alles vorbei ist.

Es gibt nur ein Problem: Wenn ich meine neue Idee durchführe, wird es unmöglich sein, mein Geheimnis zu bewahren. Das, was ich all die letzten Monate über getan habe, wird ans Licht kommen – dass ich die Zeit der anderen gestohlen habe, dass ich ein Minutendieb bin. Und Zeitdiebstahl ist streng verboten und wird bestraft.

Aber das ist nicht von Bedeutung. Nicht mehr.

Ich bin bereit, diesen Preis zu bezahlen. Das Gefängnis kann nicht viel schlimmer sein als das, was ich in den vergangenen Monaten durchgemacht habe.

Ich laufe weiter. Dabei vermeide ich die viel benutzten Straßen und eile durch kleine Nebenstraßen, bis ich mein Ziel erreiche. Vor mir liegt das große Haus, in dem ich so oft gewesen bin.

Es ist leicht zu finden mit seinen Balkonen, der Fassade aus rotem Backstein, den großen Fenstern und der dunklen Holztür mit dem vergoldeten Knauf.

Es ist das Haus, in dem Laura wohnt.

Wie lange bin ich nicht mehr hier gewesen! Wie habe ich mich dermaßen irren können?

Was für eine furchtbare Stille dieses Gebäude ausstrahlt. Einschüchternd. Aus der nach unten führenden Regenrinne tropft es. Vielleicht ist das die Art und Weise, wie Häuser weinen, wenn sich in ihrem Inneren ein Abschied nähert.

Ich schaue nach oben und suche Lauras Zimmer. Die Vorhänge sind geschlossen.

Ich stelle mir meine Freundin vor, wie sie schwach und mit Fieber im Bett liegt. So nah an der Straße, in der wir so oft Fangen gespielt haben, und gleichzeitig so weit entfernt.

Ich stelle mir ihre grünen Augen vor, die jetzt halb geschlossen sind.

Als ich den Eingang erreiche, muss ich all meinen Mut zusammennehmen, um auf die Klingel zu drücken.

Hinter der Tür sind Schritte zu hören.

Ein sehr ernster, mir unbekannter Mann öffnet.

»Was möchtest du?«, fragt er mich. »Das ist kein günstiger Zeitpunkt.«

»Ich möchte zu Laura«, sage ich leise. »Mein Name ist Edu. Ich bin ein Freund von Laura.«

Der Mann sieht mich ein paar Sekunden lang an. Sein Blick fällt auf meinen Rucksack.

»Es tut mir leid, Laura ist sehr krank. Sie kann keinen Besuch empfangen.«

Er macht Anstalten, die Tür wieder zu schließen; es bleibt mir keine Zeit für Erklärungen. Ich muss ins Haus, sonst war es das mit meinem Plan!

Als er einen Schritt zurücktritt, um die Tür zuzumachen, mache ich einen Satz und schlüpfe an seinen Beinen vorbei ins Haus (endlich ist mein schmächtiger Körper mal von Vorteil). Dann renne ich direkt auf die Treppe zu.

Ich kenne das Haus sehr gut; keiner wird mich aufhalten können, bevor ich Lauras Zimmer erreiche.

Hinter mir höre ich den Mann rufen, dann Schritte, die mir folgen.

Ansonsten ist es still hier, viel zu still. In jedem Haus sollte zumindest ein geringer Geräuschpegel verpflichtend sein. Ein Haus ohne Geräusche ist kein Zuhause.

Ich haste in den zweiten Stock hoch und renne den Flur entlang bis zur vierten Tür. Kurz bleibe ich stehen und trete dann, ohne anzuklopfen, ein, da der unbekannte Mann mir dicht auf den Fersen ist.

Ich bin ganz außer Atem und schnappe nach Luft. Lauras Zimmer ist wie immer, nur das es anders riecht als sonst: der Schrank, die Regale voller Bücher und Stofftiere, die Wand mit den Postern, die Lampe, an der Saturn hängt. Und das Bett, in dem unter ein paar Decken Lauras schmaler Körper liegt.

Ihre Eltern, die neben ihr gesessen haben, stehen auf.

Mein plötzliches Auftauchen hat sie erschreckt. Mit blassen Gesichtern schauen sie mich an. Sie sehen viel älter aus, als ich sie in Erinnerung habe, alt und müde. Ihre Augen sind gerötet und glänzen von all den Tränen, die in ihnen stehen. Sie stützen sich gegenseitig, klammern sich in ihrem Schmerz aneinander.

Ich traue mich nicht, noch näher heranzutreten, denn ich fürchte, nicht wirklich zu wissen, was ich da gerade tue. Ich will nicht noch mehr Leid verursachen. Wie bin ich nur in der Lage gewesen, bis hierher zu gelangen?

Zunächst sagt niemand etwas, obwohl Lauras Eltern mich erkannt haben. Sie machen dem fremden Mann, der hinter mir eingetreten ist, ein Zeichen, woraufhin er wieder aus dem Zimmer geht und die Tür von außen zumacht.

»Hallo, Edu. Dich haben wir aber lange nicht mehr gesehen.«

Lauras Mutter kommt zu mir und küsst mich flüchtig auf die Wangen. »Danke, dass du gekommen bist. – Schatz …« Sie wendet sich an die reglose Gestalt, die dort im Bett liegt. »Weißt du, wer zu Besuch gekommen ist?«

Ihre Stimme ist kaum mehr als ein Flüstern. Es ist, als ob ihre Worte sich verflüchtigen, sobald sie sie gesagt hat. Laura, die zu schlafen scheint, hat die Augen geschlossen. Sie stöhnt leise.

Auch sie macht den Eindruck, als ob sie jeden Moment davonschweben würde. Ihr langes Haar liegt auf dem Kissen. Dieses Haar, das immer so gut riecht.

Sie schieben mich zu Laura heran. Ich streichle ihre Hand, die kraftlos auf dem Laken liegt. Ihre Haut fühlt sich so leblos und kalt an wie eine Statue. Ich sehe ihre bläulichen Adern. Sie atmet mit leicht geöffnetem Mund und unmerklichen Seufzern.

»Sprich mit ihr«, sagt ihre Mutter. »Sie kann dich hören.«

»Wir haben sie aus dem Krankenhaus geholt«, murmelt ihr Vater leise. »Wir wollten, dass sie ihre letzten Stunden zu Hause verbringt …«

Seine Stimme bricht. Er hat die Hände vors Gesicht gelegt. Seine Schultern zucken, und ich bin verstört, denn noch nie habe ich einen Erwachsenen weinen sehen.

Ich will von diesem Ort fliehen. Zusammen mit Laura.

In den vergangenen Monaten habe ich gelernt, wie schwer die Zeit wiegt, wenn sie nicht gelebt wird. Und nun, in diesem im Halbdunkeln liegenden Zimmer, erfahre ich, wie sich vollkommene Traurigkeit anfühlt.

Wir sollten nicht hier sein. Weder sie noch ich. Ich will, dass wir wieder zusammen lachen, gemeinsam über die Wiese laufen, uns Geheimnisse erzählen und Abenteuer erleben.

»Laura …«, beginne ich. Noch nie hat meine Stimme so piepsig geklungen. »Ich bin's, Edu, hörst du mich?«

Keine Reaktion ist zu spüren. Ich drücke ihre weiße Hand. Und dann, als mir die ersten Tränen über die Wangen rollen, zeigen sich in ihrem Gesicht zwei grüne Spalten.

Sie hat die Augen geöffnet. Nur ein ganz kleines bisschen. Aber sie hat sie geöffnet.

Ihre Mutter hinter mir gibt ein leises Seufzen von sich. Ihr Vater tritt näher.

Ja. Laura sieht mich an.

Sie mobilisiert ihre letzten Kräfte, um mich anzuschauen, und ich weiß nicht, ob ich das verdiene.

Was für ein seltsames Paar wir sind: ein todkrankes Mädchen und ein Junge ohne Geburtstag.

»Ich war ein Idiot«, flüstere ich dicht an ihrem Ohr. »Verzeihst du mir?«

Ihre blassen Lippen verziehen sich ein wenig. Laura lächelt.

Ich nehme das mal als Zustimmung.

Laura lächelt mich wieder an. Und ich lächle sie an. Zwischen uns wird das Zimmer hell. Ohne Strom und ohne Lampen.

Ich gebe ihr einen Kuss auf die Wange.

»Ich bin gekommen, weil wir die verlorene Zeit aufholen müssen«, sage ich. »Bist du bereit?«

Sie drückt meine Hand.

Noch trage ich den Rucksack auf dem Rücken. Ich setze ihn ab, lehne ihn gegen das Bett und öffne den Reißverschluss. All das, ohne Lauras Hand loszulassen, was viel Geschick erfordert.

Doch ich will sie auch nicht einen einzigen Augenblick mehr loslassen.

Den Zeitsauger muss ich dann doch mit beiden Händen aus dem Rucksack heben. Ich spüre die verwunderten Blicke von Lauras Eltern auf mir, doch nichts durchbricht die Stille.

Sie beschränken sich darauf, das Lächeln ihrer Tochter zu betrachten, das nicht von ihrem Gesicht weicht. Ein Lächeln, das bereits nur noch eine Erinnerung ist.

Und da ist er, der seltsame Apparat, der aussieht wie eine Saftpresse, mit seiner Zeitanzeige, auf der in Rot die Zahl *1.425* zu lesen ist.

Ich drücke auf den *Power*-Knopf. Sogleich leuchtet das grüne Licht auf.

Ich sehe auf den Glasbehälter, den schimmernden Sand darin.

Er ist bis obenhin gefüllt. Wie ich es mir erträumt habe. Mehr als 1.400 Minuten reines Glück, das mir zur Verfügung steht, ein Schatz, der mich viele Monate der Mühsal gekostet hat. Mehr als 23 Stunden Freude in meinen Händen, die mir im Grunde gar nicht gehören.

Es ist die Freude aller.

Nun will ich meinen Geburtstag nicht mehr. All die gehorteten Glücksminuten. Es ist nicht mehr wichtig.

Ich will, dass Laura meine Zeit bekommt. Endlich habe ich es begriffen.

Ich richte den Saugkopf auf Laura.

»Wann kommt das Medikament, das sie heilen kann?«, frage ich an ihre Eltern gewandt.

Sie sehen sich an. Ihre Augen sind blind von Tränen.

»Morgen«, antwortet ihre Mutter, »um die Mittagszeit.«

Ihre Stimme, der Ausdruck der Verzweiflung, die Art, wie sie sich an die Hände ihres Mannes klammert, sagen alles: Morgen wird es zu spät sein. Die Ärzte haben ihnen jede Hoffnung genommen. Morgen wird Laura nicht mehr leben.

Dann ist sie bereits tot.

Sie braucht Zeit. Sie braucht einen Tag!

Ich sehe auf die Uhr. Es ist vier Uhr nachmittags. Laura braucht genau zwanzig Stunden, um gerettet werden zu können.

Und ich habe hier, in diesem Behälter, dreiundzwanzig Stunden.

Sie gehören dir, Laura. Nutze sie. Keiner hat sie mehr verdient als du.

Ich fasse wieder nach ihrer Hand, die noch kälter geworden zu sein scheint. Trotz ihrer Schwäche zeichnet sich auf ihrem Gesicht noch immer ein Lächeln ab.

Ja, es ist wie eine »Zeichnung«. Ein unendliches Lächeln.

Ihre Augen hingegen kann sie nicht mehr aufhalten. Sie sind wieder geschlossen.

»Ich bleibe hier«, flüstere ich ihr zu. »Bei dir. Gib nicht auf, Laura.«

Ich spüre, dass sie ganz leicht meine Finger drückt.

Meine andere Hand hat sich dem Knopf der Maschine genähert, den ich noch nie gedrückt habe, dem schwarzen. Nun muss ich mich für immer von meinem Geburtstag verabschieden. Von meinem 6. Oktober. Nach all den Opfern, all dem Kampf, bin ich nun im Begriff, auf meine Beute zu verzichten. Diesen Sand …

Doch ich habe schon genug Fehler gemacht. Jetzt muss ich die richtige Entscheidung treffen.

Und ich entscheide mich für Laura.

Ohne darüber nachzudenken, drücke ich auf den schwarzen Knopf.

Ich höre ein Brummen, und dann entweicht dem Saugkopf ein Luftstoß, der Lauras Decke auffliegen lässt, ihr Haar, die Seiten der Bücher in den Regalen und meine Haare. Saturn beginnt, sich um die Lampe zu drehen.

Es ist eine frische Brise, eine friedliche, leuchtende Brise voller Energie. Sie hüllt uns ein. Ein Sauerstoffstoß. Es ist, als hätte jemand mitten im Frühling das Fenster weit aufgerissen.

Nur wenige Minuten sind nötig (im wahrsten Sinne des Wortes), um das Zimmer mit strahlender Helligkeit zu füllen.

Was für ein Frieden!

Welche Lust, zu schreien, zu springen, zu tanzen. Mühsam halte ich mich zurück.

Die rote Anzeige an der Maschine zählt zurück: 1.405, 1.404, 1.403 … Die Minuten des Glücks ergießen sich über Laura, die nun ihre grünen Augen geöffnet hat.

Sie taucht in diese Fontäne aus Licht. Ihr Lächeln verändert, festigt sich. Wird zu einem hellen Lachen, das uns einhüllt. Es gibt keine schönere Melodie als das Lachen eines glücklichen Kindes.

Ihre Eltern umarmen sich, noch ohne zu verstehen, was gerade geschieht. Und all diese Helligkeit um uns herum!

Ja, das ist genau die Stimmung, die ich mir für meinen Geburtstag gewünscht hätte. Es wäre perfekt gewesen.

Je mehr der Sand in dem Behälter sinkt, desto befreiter fühle ich mich. Es ist mir auch völlig egal, was von nun an mit mir sein wird. Tatsächlich interessiert es mich nicht.

Ich bin glücklich.

Der Behälter leert sich ziemlich schnell: *1.200, 1.199, 1.198 …*

Mir wird bewusst, dass ich diesen zusätzlichen Tag, von dem ich all die Nächte in den vergangenen Monaten geträumt habe, nicht mehr brauche. Denn ich könnte mich nicht besser fühlen, als es gerade der Fall ist. Auch ich erhole mich, fühle mich wie früher.

Allmählich erkenne ich mich wieder.

Laura hat sich in ihrem Bett aufgerichtet, was ihre Eltern wortlos bestaunen. Sie streckt die Arme nach mir aus, und wir tun so, als würden wir tanzen. All das ist völlig absurd und wunderbar zugleich.

Dann umarmt sie ihre Eltern. Sie weinen, doch ihre Tränen schmecken anders. Denn es sind Tränen des Glücks und der Hoffnung.

Und die ganze Zeit kommt das lebensrettende Medikament unaufhaltsam näher. Es wird noch rechtzeitig hier eintreffen, das weiß ich. Laura wird leben.

EIN ÜBERRASCHENDER UMZUG

Laura ist bildhübsch. Sie hat wieder Farbe im Gesicht, und ihre Augen glänzen.

Wie zwei Smaragde, sagt ihre Mutter. Da kann ich ihr nur zustimmen.

Die Medizin hat gewirkt. Laura wird noch für eine Woche im Bett bleiben müssen, doch sie fühlt sich schon viel besser.

Das Problem ist nur, dass sie eine Überdosis an Glück abbekommen hat und nicht mehr aufhören kann zu lachen. Und da ihr Lachen äußerst ansteckend ist, lache auch ich ununterbrochen. Und so können wir uns nicht unterhalten. Wir werden noch Muskelkater bekommen vom vielen Lachen.

Ich will Laura jeden Tag besuchen. Ohne meinen Rucksack.

Letztendlich haben die Behörden angesichts des guten Zwecks, für den ich die geraubten Minuten verwendet habe, entschieden, mich nicht des Verbrechens des »Zeitdiebstahls« anzuklagen. Dafür haben sie allerdings den Zeitsauger konfisziert, um ihn »umgehend zu zerstören«.

Ich wollte den mit Herrn Vinicius geschlossenen Pakt wirklich einhalten und ihm die Maschine zurückgeben, doch ich hatte keine andere Wahl, als die Bedingung der Polizei zu erfüllen. Doch immerhin bin ich zu dem Laden der Verbotenen Dinge gegangen, um Herrn Vinicius zu erklären, was passiert ist. Papa sagt immer, dass man sich den Folgen dessen, was man verursacht, stellen muss.

Also habe ich all meinen Mut zusammengenommen und in Begleitung von Mama das Geschäft aufgesucht, wobei ich mich sehr geärgert habe, dass ich Herrn Vinicius so enttäuschen musste!

Aber dann haben wir ihn gar nicht mehr angetroffen. Als wir an die Straßenecke kamen, wo sich der Laden befunden hatte, standen wir vor dem leeren Schaufenster, in dem ein Schild hing, auf dem das Wort *Geschäftsumzug* zu lesen war.

Ehrlich gesagt, war mir das ganz recht. Auf diese Weise würde die Polizei niemals herausfinden, woher ich den Zeitsauger hatte (bisher hatte ich das Geheimnis nicht verraten). Und damit erfüllt sich, was Herr Vinicius vorhergesagt hat, der tatsächlich spurlos verschwunden ist.

Ich frage mich, an welchem Ort er sein mysteriöses Geschäft wohl als Nächstes eröffnen wird. Und ob er es wagen würde, noch einmal einen seiner verbotenen Gegenstände einem Jungen anzubieten, der ihn genauso dringend brauchte wie ich. Denn was mich angeht, so haben sich mein großes Abenteuer und all die Mühen, die es mit sich brachte, gelohnt. Es hat ein Leben gerettet. Na ja, eigentlich zwei. Meines auch.

Im heruntergelassenen Gitter der Ladentür steckte ein Brief, der an mich adressiert war.

Lieber Zehnjähriger,

es tut mir leid, dass ich nicht auf Dich warten konnte, aber ich muss mich dringend auf den Weg machen. Weit weg von hier, auf einem anderen

Kontinent, habe ich wunderbare Räumlichkeiten gefunden, wo ich meine Ware perfekt ausstellen kann. Es wird Zeit für eine Luftveränderung!

Mach Dir keine Sorgen darüber, dass Du den Zeitsauger nicht zurückgeben konntest. Du hast ihn für einen derart guten Zweck benutzt, dass wir alle davon profitiert haben, und deshalb sehe ich unseren Pakt als erfüllt an. Du warst mein bester Kunde.

Du hast die richtige Entscheidung getroffen, und Du warst sehr tapfer.

Und vergiss eines nicht, Zehnjähriger: Sei glücklich, egal, wie alt Du bist.

Viel Glück und herzliche Grüße

Gezeichnet: Vinicius Gilmore
Angestellter des Ladens für Verbotene Dinge

HERZLICHEN GLÜCKWUNSCH ZUM GEBURTSTAG

Mama und Papa haben mir auch verziehen, weil ich so großherzig war und die gestohlene Zeit an Laura abgetreten habe – auch wenn es ihnen wehgetan hat, dass ich sie belogen habe. Wie sehr ich das nun bereue! Inzwischen habe ich ihnen versprochen, dass ich ihnen von nun an immer vertrauen werde.

Sie werden mich nicht einmal dafür bestrafen, dass ich gestern einfach so aus der Schule weggelaufen bin. Dabei waren sie ganz außer sich vor Angst. Sie haben mich über Stunden in der ganzen Stadt gesucht. Es tut mir sehr leid, dass ich für so viel Besorgnis und Unruhe gesorgt habe. Auch in der Schule haben sich alle Sorgen gemacht. Offenbar bin ich nun doch wieder ein ganz beliebter Schüler. Was beweist, dass man auch ohne Geburtstag und Geburtstagsparty zum Helden werden kann.

Sogar Martín respektiert mich, und die Überflüssige ist auch viel netter zu mir; sie hilft mir sogar in Mathe, und deswegen ist sie auch nicht länger überflüssig.

Nun, da ich wieder der Alte bin, ist auch zu Hause alles wieder einfacher geworden. Sogar meine Schwester scheint Geschmack am Lernen gefunden zu haben, auch wenn sie nicht aufhört zu klagen, dass das Leben furchtbar ist, wenn ihr Freund nicht anruft.

Wie schön es ist, wenn man nicht an der Last eines Geheimnisses trägt!

Und das Einzige, was meine Oma gesagt hat, als sie von all dem erfuhr, war:

»Was für eine Tragödie!«

Obwohl niemand Tränen vergoss. Und gleich darauf hat sie ihr Gebiss herausgenommen.

Ich bin so froh, dass wieder alles ist wie immer! Noch nie habe ich mich zu Hause so geborgen gefühlt. Und so sicher.

An den Nachmittagen besuche ich Laura. Ihr geht es jede Stunde etwas besser, und ihre

Eltern empfangen mich jedes Mal wie einen König. Sie sind so glücklich … Plötzlich sehen sie viel jünger aus! Sie umarmen mich zur Begrüßung, aus dem Wohnzimmer ist Musik zu hören, und das Essen, das sie für uns kochen, könnte eine ganze Armee ernähren. Das ganze Haus scheint vor Freude beinahe zu platzen. Es strotzt vor Gesundheit. Und sicher tropft auch die Regenrinne nicht mehr.

»Was für ein Tag ist heute?«, fragt mich Laura vom Bett aus.

Ihr Lächeln ist noch strahlender als das, mit dem sie mich empfangen hat.

»Der 7. Oktober«, antworte ich, ohne zu zögern.

Kein Zweifel. Gestern war der 5. Oktober, dann muss, gemäß des neuen offiziellen Kalenders, an diesem Tag der 7. Oktober sein.

»Du irrst dich.« Sie zwinkert mir zu.

Ich verstehe nicht.

»Was ist das? Ein Rätsel?«

»Etwas in der Art.«

Sie gibt mir ein in Geschenkpapier verpacktes Päckchen.

»Herzlichen Glückwunsch, Edu!«

Verblüfft nehme ich das Päckchen entgegen.

»Glückwunsch? Warum?«

»Weil heute eben nicht der 7. Oktober ist, du Dummkopf. Hast du das etwa nicht mitgekriegt?«

Ich verstehe immer noch nicht.

»Mitgekriegt? Was denn?«, frage ich.

»Nach allem, was passiert ist, ist meinem Onkel aus dem Ministerium klar geworden, dass jede einzelne Minute zählt. Mir hat ein Tag das Leben gerettet! Dank dieser vierundzwanzig Stunden habe ich noch rechtzeitig mein Medikament bekommen.«

»Das war nicht irgendein Tag, Laura«, beschwere ich mich im Scherz. »Das war der glücklichste Tag überhaupt! Das weiß ich, weil ich ihn schließlich hergestellt habe …«

Sie nickt, und wir lachen beide.

Dann hält Laura mir den Mund zu. Ich habe noch immer das Päckchen in der Hand.

»Mein Onkel …«, beginnt sie, »… hat kraft seines Amtes in der Regierung dafür gesorgt, dass der 6. Oktober wieder in den Kalender eingefügt wird. ›Jeder Tag des Jahres ist wichtig‹, hat er gesagt. Und er hat ihn genau an der Stelle wieder eingefügt, wo er gestrichen wurde. Das Jahr hat nun wieder 365 Tage, Edu«, erklärt sie. »Und das bedeutet, dass du heute Geburtstag hast!«

Ich bin baff, denn ich kann es nicht glauben. Mir fehlen die Worte, und mir wird schwindelig. Gibt es den 6. Oktober tatsächlich wieder? Und ich hatte gerade gedacht, dass ich glücklicher nicht sein könnte. Aber wie es aussieht, gibt es noch glücklicher als glücklich.

Nun bin ich endlich wieder ein vollkommenes Kind mit einem eigenen Geburtstag.

Mit zitternden Händen packe ich das Geschenk aus, das Laura mir gegeben hat. Es ist ein neuer Kalender.

»Frisch gedruckt!«, erklärt sie. »Los, schau nach, welcher Tag heute ist.«

Ich sehe nach. Und genau wie Laura gesagt hat, folgt auf den 5. Oktober …

… die Seite mit dem 6. Oktober, so wie in Herrn Vinicius' verbotenem Kalender.

Heute ist der 6. Oktober. Und das würde den ganzen Tag über so bleiben.

Heute habe ich Geburtstag. Ich werde elf Jahre alt.

Laura nähert ihr hübsches, zartes Gesicht dem meinen und gibt mir einen Kuss auf die Wange. Ihr langes Haar kitzelt mich.

»Auf dass du noch viele Jahre älter wirst, Edu!«

Wir umarmen uns, denn wir sind die besten Freunde auf der Welt.

»Und nun kannst du mir gratulieren!«, sagt sie und hypnotisiert mich regelrecht mit ihren großen grünen Augen, die sie nicht von mir abwendet.

»Wozu sollte ich dir gratulieren?«, frage ich. »Willst du mir etwa die Show stehlen?«

Sie hört nicht auf zu lächeln.

»Dank dir bin ich heute wiedergeboren, Edu. Mein Leben beginnt von Neuem. Deshalb wird von nun an der 6. Oktober mein Geburtstag sein.«

Das scheint mir eine hervorragende Idee. So sind wir zu so etwas wie »Zwillingen« geworden.

»Na dann … herzlichen Glückwunsch, Laura«, rufe ich und umarme sie. »Auf dass du noch viele Jahre älter wirst!«

»Auf dass wir beide noch viele Jahre älter werden«, korrigiert sie mich, ohne mich loszulassen.

Zur Feier des Tages hüpfen wir auf dem Bett auf und ab.

Kurz darauf muss ich los. Noch habe ich keine Ahnung, dass zu Hause eine Überraschungsparty für mich geplant ist. Meine Schulkameraden, meine Freunde aus der Nachbarschaft, meine Familie und viele Bekannte erwarten mich dort. Alle sind gekommen.

Niemand will sich meinen Geburtstag entgehen lassen.

Ohne es gemerkt zu haben, bin ich selbst jemand geworden, der Minuten des Glücks erschafft.

Auf dem Weg nach Hause stelle ich mir Herrn Vinicius vor, wie er mir von irgendeinem weit entfernten Ort aus ein letztes Mal zuwinkt. Vielleicht zwinkert er mir zu, während er sich mit seinen verbotenen Dingen im Gepäck Richtung Horizont entfernt. »Mein bester Kunde«, höre ich ihn flüstern, wobei er sich über den Schnurrbart streicht. »In deinem ganzen Leben sollst du immer ein Lächeln auf den Lippen haben, Elfjähriger!«

DANK

Viele gute Freunde haben ihren Beitrag zu diesem Buch geleistet. Vor allem möchte ich die Unterstützung von Alberto Baeyens und die Großzügigkeit von David Cámara erwähnen, der mir eine persönliche Anekdote erzählt hat, die mich auf die Idee für das Abenteuer meines Helden brachte. Außerdem haben Diego Chozas – in einigen Szenen unverkennbar –, Sandra Bruna, Francesc Miralles, Pepe Trívez, Begoña Oro und Alfonso Sebastián meinen *Minutendieb* mit ihren weisen Anregungen bereichert.

Bei ihnen allen bedanke ich mich sehr herzlich. Es ist ein Luxus, in solch angenehmer Gesellschaft Geschichten zu erfinden.

ISBN 978-3-85179-441-0

Die Originalausgabe erschien bei
Editión EDEBÉ, Barcelona
Titel der spanischen Originalausgabe: *El ladrón de minutos*

Coverbilder: Jorgenmac / Ellerslie77 / kaisorn (alle Getty Images)
Covergestaltung: Guter Punkt, München
Satz: Christine Paxmann • text • konzept • grafik, München
Druck und Bindung: GGP Media GmbH, Pößneck
www.thiele-verlag.com